世间的苦不算甚么，

你看我灵魂不曾有一天离开过你！

正义凛然，贡献巨大。

——曹　禺

阅朱生豪唐诗人短论七则，多前人未发之论，爽利无比。聪明才力，在余师友间，不当以学生视之。其人今年才二十岁，渊默若处子，轻易不发一言。闻英文甚深，之江办学数十年，恐无此不易之才也。

——夏承焘

朱生豪自己承认是"一个古怪的孤独的孩子"。究竟是怎样的具体特征，综观他的书信，也许可以得出一个轮廓。

——宋清如

我的灵魂
不曾有一天
离开你

朱生豪 著

天 地 出 版 社 | TIANDI PRESS

图书在版编目（CIP）数据

我的灵魂不曾有一天离开你 / 朱生豪著. — 成都：
天地出版社，2021.3
　ISBN 978-7-5455-6020-6

　Ⅰ.①我… Ⅱ.①朱… Ⅲ.①书信集－中国－现代
Ⅳ.①I266.5

中国版本图书馆CIP数据核字（2020）第197905号

WO DE LINGHUN BUCENG YOU YI TIAN LIKAI NI

我的灵魂不曾有一天离开你

出 品 人	杨　政
作　　者	朱生豪
责任编辑	陈文龙　　聂俊珍
装帧设计	尚燕平
责任印制	王学锋

出版发行　天地出版社
　　　　　（成都市槐树街2号　邮政编码：610014）
　　　　　（北京市方庄芳群园3区3号　邮政编码：100078）
网　　址　http://www.tiandiph.com
电子邮箱　tianditg@163.com
经　　销　新华文轩出版传媒股份有限公司

印　　刷　环球东方（北京）印务有限公司
版　　次　2021年3月第1版
印　　次　2021年3月第1次印刷
开　　本　787mm×1092mm　1/32
印　　张　11
字　　数　176千字
定　　价　52.00元
书　　号　ISBN 978-7-5455-6020-6

我一天一天明白你的平凡，同时却一天一天愈更深切地爱你。

假如有人问我烦忧的缘故，

我不敢说出你的名字。

我想做诗，写雨，

写夜的相思，写你，写不出。

我的快乐即是爱你，我的安慰即是思念你，
你愿不愿待我好则非我所愿计及。

如果不是因为这世界有些古怪，

我巴不得永远和你厮守在一起。

我渴望和你打架，

也渴望抱抱你。

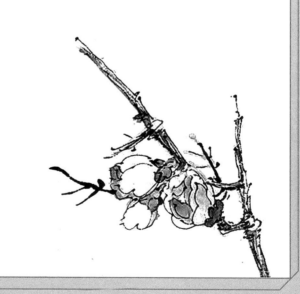

出版说明

　　"人间有情"系列作品，选取朱自清、老舍、林徽因、朱生豪四位作家的作品，从才情、世情、爱情等方面全面展现我们人生中随时都会遇到的一些事，希望通过这些作品来告诉读者"人生中总会有不期而遇的温暖，和生生不息的希望"。本书为朱生豪先生部分作品辑录。

　　朱生豪先生为我国翻译莎士比亚作品较早的一批学人之一，除精湛的翻译广为人知，朱生豪先生写给其妻宋清如的情书如今也成为家喻户晓的情书典范。

　　本书书信依照朱生豪先生情书手稿选编。这些书信皆是恋人间的通信，称谓、落款等自在随意，极少署明具体时间，故不按一般书信形式处理，皆保留原貌。因时代因素，作者原书信中多出现"甚么""什么"等字词混用及与现今表述方式不同等情况，编者未改动这些地方，皆遵照作者原作保留原貌。另，书信中外文的翻译皆以"〔 〕"标出，不属原书信内容。每一篇中多个重复的外文单词，只在第一次出现时在"〔 〕"中给出中文翻译。外文人名则另在首次出现时加脚注说明。

此外，作者原书信手稿缺失处，皆以"☐☐☐"表示。

目录

第一章　醒来觉得甚是爱你

我愿意懂得"永恒"两字的意义，
把悲壮的意味放入平凡的生活里，而做一个虔诚的人。
因我是厌了易变的世事，也厌了易变的自己的心情。

1

第二章　愿化一面镜子，常常照你笑

不要愁老之将至，你老了一定很可爱。

而且，假如你老了十岁，我当然也同样老了十岁，

世界也老了十岁，上帝也老了十岁，一切都是一样。

第三章　世间最可爱的朋友

我害怕我终不会成为你的一个真的好朋友，
因我是一个不好的人，
但我愿意努力着，只要你不弃绝我。

第四章　无尽的离思呵

我想要在茅亭里看雨、假山边看蚂蚁，
看蝴蝶恋爱，看蜘蛛结网，看水，看船，
看云，看瀑布，看宋清如甜甜地睡觉。

第五章　我所凝望着的只是你

你想不出此刻我是多少快乐，快乐得想哭。
谁比我更幸福呢？比起你来，我也是要幸福得多，
因为我的朋友是一个天使，而你的朋友只是一个傻小子。

第六章　我把我的灵魂封在这封信里

我不要有新的希望，也不要有新的快乐，
我只有一个希望，这希望就是你，
我只有一个快乐，这快乐就是你。

第七章　梦魂不识路，何以慰相思

如果你要为我祝福，祝我每夜做一个好梦吧，

让每一个梦里有一个你。

如果现实的缺憾可以借做梦来弥补一下，

也许我可以不致厌世。

第八章　永远是你的怀慕者

从前以为年轻人谈精神恋爱是世上最肉麻的一回事，
后来才知道人世间肉麻事，大有过于此者。

第九章　世界是多么荒凉，如果没有你

我明白我们在这世上应该找寻的是自己，
不是自己以外的人，因为只有自己才能明白自己，谅解自己，
我找到了你，便像是找到了我真的自己。

9

第一章

醒来觉得甚是爱你

我愿意懂得『永恒』两字的意义，

把悲壮的意味放入平凡的生活里，

而做一个虔诚的人。

因我是厌了易变的世事，

也厌了易变的自己的心情。

心里委屈，不多写

好人：

　　好像很倒霉的样子，今天一个下午头痛，到现在，嘴里唱唱的时候忘记了痛，以为是好了，一停嘴又痛了起来。顶倒霉的是，你的信昨夜没有藏好，不知一放放在什么地方，再找不到，怨极了，想死。

　　弱者自杀，更弱者笑自杀者为弱者。

　　总之，我待你好。心里很委屈，不多写，祝你好。

伤心的保罗　十一夜

无比的好人：

我是怎样欢喜，一个人只要有耐心，不失望，终会胜利的。找了两个黄昏，徒然的翻了一次又一次的抽屉，夜里睡也睡不着，我是失去了我的宝贝。今天早晨在床上，想啊想，想出了一个可能的所在，马上起来找，万一的尝试而已，却果然找到了，找到了！我知道我不会把它丢了的，怎么可以把它丢了呢？

我将更爱你了，为着这两晚的辛苦。

房间墙壁昨天粉刷过，换了奶油色。我告诉你我的房间是怎样的。可以放两张小床和一张书桌，当然还得留一点走路的空隙，是那么的大小，比之普通亭子间是略为大些。陈设很简单，只一书桌、一armchair[扶手椅]、一小眠床（已破了勉强支持着用）。书，一部分线装的包起来塞在床底下，一部分放在藤篮里，其余的堆在桌子上；一只箱子在床底下，几件小行李在床的横头。书桌临窗面墙，床在它的对面。推开门，左手的墙上两个镜框，里面是任铭善写的小字野菊诗三十律。向右旋转，书桌一边的墙上参差的挂着三张图画。一张是中国人摹绘的法国哥朗的图画，一个裸女以手承飞溅的泉水；一张是翻印的中国画；一张是近人的水彩风景，因为题目是贵乡的水景，故挂在那里，其实不过是普通的江南景色而已。坐在书桌前，正对面另有雪莱的像、题名为《镜吻》的西洋画，和嘉宝的照相三个小的镜框。再转过身，窗的右面，又是一张彩色的西洋画，印得非常精美。这些图画，都是画报杂志上剪下来的。床一面的墙上，是两个镜框，一个里面是几张友人的照片，题着*Old Familiar Faces*[熟悉的老面孔]，取自Charles Lamb[1]的诗句；另一个里面是几张诗社的照片，题着*Paradise Lost*[《失乐园》]，借用John Milton[2]的书名。你和振弟[3]的照片，则放在案头。桌上的书，分为三组，一组是外国书，几乎全部是诗，总集有一本*Century Readings in English Literature*[《英国文学世纪读本》]，一本《世界诗选》、一本《金库》、一本《近代英美诗选》，别集有莎士比亚、济慈、伊利沙伯·白朗宁、雪莱、华茨渥斯[4]、丁尼孙、斯文朋等，外加《圣经》一

1　查尔斯·兰姆，英国散文家。

2　约翰·弥尔顿，英国诗人、政论家。

3　指朱生豪的胞弟朱文振。

4　今译华兹华斯，英国诗人。

本。一组是少少几本中国书，陶诗、庄子、大乘百法明门论、白石词、玉田词、西青散记、儒门法语。除了陶、庄之外，都是别人见赠的，放着以为纪念，并不是真想看。外加屠格涅夫、高尔基和茅盾的《子夜》（看过没有？没看过我送你）。第三组是杂志画报：《文学季刊》、《文学月刊》、《现代》、*Cosmopolitan*[《世界》]、*Screen Romances*[《银幕故事》]、《良友》、《万象》、《时代电影》等。杂志我买得很多，大概都是软性的，而且有图画的，不值得保存的，把好的图画剪下后，随手丢弃；另外是歌曲集，有外国名歌、中国歌、创作乐曲、电影歌等和流行的单张外国歌曲。桌上有日历、墨水瓶、茶杯和热水瓶。

你好？不病了吧？我怎样想看看你啊！

快乐的亨利　十三

我灵魂不曾有一天离开过你

好：

　　谢谢你给我一个等待。做人最好常在等待中，须是一个辽远的期望，不给你到达最后的终点，但一天比一天更接近这目标，永远是渴望，不实现也不摧毁，每天发现新的欢喜，是鼓舞而不是完全的满足。顶好是一切希望完全化为事实，在生命终了前的一秒钟中。

　　我仍是幸福的，我永远是幸福的。世间的苦不算甚么，你看我灵魂不曾有一天离开过你。

　　祝福你！

朱　十五下午

我愿意做快乐的哲学家

星期六读一本辛克莱的《人生鉴》，文章很好，也有许多实用的知识，尤其是关于吃的方面，傅东华译，上海世界书局出版，特为介绍。

昨天看一张影片名《十三日星期五》，英国出品，轻描淡写地叙述了一些平常社会的偶然事件，非滑稽亦非讽刺，而是可喜的幽默。有人以为它的目的是破除迷信，证明十三日星期五并非不祥，真太幼稚了。

早上很好，半醒睡的状态中听见偶然的小鸟声和各种不甚喧闹的人声，都觉得有点可爱。怎样一种人生，如果没有闲暇可享受！

昨夜跑到床上，来不及把电灯熄落，就睡着了，忽然醒来，吓了一跳。

这是星期一所写

今天读了你两首新诗，不能得到我的赞许。又得到张荃一篇古风，初读上去觉很好，细看之也吰[1]啥啥。愿上帝保佑世上一切的女诗人们都得到一个美好的丈夫！我不知道张荃为什么突然心血来潮要跟我通起信来，大概因为我很好的缘故，其实我早忘了她了。

Sh……[2]！不要响，听墙角落里有鬼叫！

宋清如顶不好。

IXUYZ　星期二

要是有人问你，你愿意做快乐的猪呢，还是愿意做苦恼的哲学家？你就回答：我愿意做快乐的哲学家，这样可以显出你的聪明。

1　方言，意为"没有"。

2　"嘘"的象声词。

世界不会于我太寂寞

宋：

才板着脸孔带着冲动写给你一封信，读了轻松的来书，又使我的心弛放了下来。叫他们拿给你看的那信已经看到？有些可笑吧，还是生气？实在是，近来心里很受到些气闷，比如说有人以为我不应该爱你之类；而两个多月来离群索居的生活，使我脱离了一向沉迷着的感伤的情绪的氛围，有着静味一切的机会，也确使我渐对过去的梦发生厌弃，而有努力做人的意思。

我真希望你是个男孩子，就这一年匆匆的相聚，彼此也真太拘束得苦。其实别说你是那么干净那么真纯，就是一些人的冷眼，也会把我更有力地拉近了你的。我没有和平常人那样只闹一回恋情的把戏，过后便撒手了的意思。我只希望把你当作自己弟弟一样亲爱。论年岁我不比你大甚么，忧患比你经过多，人生的经验则不见比你丰富甚么，但就自己所有的学问，几年来冷静的观察与思索，以及早入世诸点上，也许确能做一个对你有一点益处的朋友，不只是一个温柔的好男子而已。

对于你，我希望你能锻炼自己，成为一个坚强的人，不要甘心做一个女人（你不会甘心于平凡，这是我相信的），总得从重重的桎梏里把自己的心灵解放出来，时时有毁灭破旧的一切的勇气（如其有一天你觉得我对于你已太无用处，尽可以一脚踢开我，我不会怨你半分），耐得了苦，受得住人家的讥笑与轻蔑，不要有什么小姐式的感伤，只时时向未来睁开你的慧眼，也不用担心甚么恐惧甚么，只努力使自己身体感情各方面都坚强起来，我将永远是你的可以信托的好朋友，信得过我吗？

也许真会有那么海阔天空的一天，我们大家都梦想着的一天！我们不都是自由的渴慕者吗？

现在的你，确实是太使我欢喜的，你是我心里顶溺爱的人。但如其有那么一天我看见你，脸孔那么黑黑的，头发那么短短的，臂膀不像现在那么瘦小得不盈一握，而是坚实而有力的，走起路来，胸膛挺挺的，眼睛明明的发光，说话也沉着了，一个纯粹自由国土里的国民（你相信我不会爱一个"古典美人"？虽然我从前曾把林黛玉作为我的理想过），那时我真要抱着你快活得流泪了。也许那时我到底是一个弱者，那时我一定不敢见你，但我会躲在路旁看着你，而心里想，从前我曾爱过这个人……这安慰也尽可以带着我到坟墓里去而安心了。这样的梦想，也许是太美丽了，但你能接受我的意思吗？

为了你，我也有走向光明的热望，世界不会于我太寂寞。

来信与诗，都使我快活。每回你信来，往往怀着感激的心情，不只是欢喜而已。诗以较高的标准批评起来，当然不算顶好，以你的旧诗的学力而言，是很可以满意的了。第一首"嫣嫣"两字平仄略不顺，不大要紧，第二句固是好句子，但蹈袭我的句子太甚，把"犹袭"二字改为"空扑"吧。三四句平顺无疵。总观四句，略欠呼应，天上人间句略嫩，听之。此诗改为：

霞落遥山黯淡烟，残香空扑采莲船，

晚凉新月人归去，天上人间未许圆。

（两"人"字重复，因此读上去觉不顺口。倘把"人归去"的"人"改为"郎"字，却是一首轻倩的民歌。也许你会嫌太佻，但末句本不庄，故前面的"人"字不能改"君"字。）"新月"映带"未许圆"，使"天上"两字不落空。

第二首全体妥。糜字用得新，也许你用时是无意的？

第三首第二句微波漪涟重复，漪字平仄不对；第四句万般往事俗，改为年年心事即佳。全首改为：

无端明月又重圆，波面流晶漾细涟。

如此溪山浑若梦，年年心事逐轻烟。

三首诗情调轻灵得很，虽然还少新意。不愧是我的高足，我该自傲不是？

前次绝句二十首之后，又做了十一首，没有给你看。

前几首较好：

春水桥头细柳魂，绿芜园内鹧鸪痕，
蜀葵花落黄蜂静，燕子楼深白日昏。

倚剑朗吟甏字栏，晚禽红树女萝残，
何当跃马横戈去，易水萧萧芦荻寒。

半臂晕红侧笑嫣，绿漪时掀采莲船，
莲魂侬魂花侬色，蛙唱满湖莲叶圆。

迟雪冲寒鹤羽甏，偶尔解渴落茅庵，
红梅白梅相对冷，小尼洗砚蹲寒潭。

略看宋诗调子，第三、四两首都故作拗句。又第
九首：

秋花销瘦春花肥，一样风烟雨露霏，

萧郎吟断数根须，懊恼花前白裕衣。

第十一首：

燕子轻狂蝴蝶憨，满园花舞一天蓝，
仙人年幼翅如玉，笑漱银铃酡脸酣。

则是我诗里特有的童话似的情调。
天凉气静，愿安心读书，好好保重。

朱朱　廿三夜
　　秋兴杂诗七首，本没有给人看的意思，但张荃既有信给我，也不妨抄下来并给伊一读，我没有另外给伊写信的心向[1]。

1　上海、嘉兴一带方言，意思是"想法"。

我的快乐即是爱你

宋:

　　心里说不出的恼，难过，真不想你竟这样不了解我。我不知道什么叫作配不配，人间贫富有阶级，地位身分有阶级，才智贤愚有阶级，难道心灵也有阶级吗？我不是漫然把好感给人的人，在校里同学的一年，虽然是那样喜欢你，也从不曾想到要爱你像自己生命一般，于今是这样觉得了。我并不要你也爱我，一切都出于自愿，用不到你不安，你当作我是在爱一个幻像也好。就是说爱，你也不用害怕，我是不会把爱情和友谊分得明白的，我说爱，也不过是纯粹的深切的友情，毫没有其他的意思。别离对于我是痛苦，但也不乏相当的安慰，然而我并不希望永久厮守在一起。我是个平凡的人，不像你那么"狂野"，但我厌弃的是平凡的梦。我只愿意凭着这一点灵感的相通，时时带给彼此以慰藉，"像流星的光辉，照耀我疲惫的梦寐，永远存一个安慰，纵然在别离的时候"。当然能够时时见见面叙叙契阔，是最快活的，但即此也并非十分的必要。如果我有梦，那便是这样的梦；如果我有恋爱观，那便是我的恋爱观；如果问我对于友谊的见解，也只是如此。如果我是真心地喜爱你（不懂得配与不配，你配不配被我爱或我配不配爱你），我没有不该待你太好的理由，更懂不得为什么该忘记你。我的快乐即是爱你，我的安慰即是思念你，你愿不愿待我好则非我所愿计及。

　　愿你好。

朱　廿四

我愿意听话，永远待你好

好宋：

　　真的我不怪你，全不是你错，无可如何才怪你，但实在是不愿怪你的，遇到这等懊恼的事，暂时生一下子气，你会允许我的吧？我不曾骂你，是不是？你不要难受才好。我愿意听话，永远待你好。

　　说，愿不愿意看见我，一个礼拜之后？抱着一个不曾弥补的缺憾，毕竟是太难堪的事，让我再做一遍西湖的梦吧，灵峰的梅花该开了哩。你一定来闸口车站接我，肯不肯？我带巧克力你吃。这回手头大充实，有五十多块钱，另外还借出十八块，虽然年节开发，买物事回家，得用去一些。

其实从北站到我处一段路，也并不怎样难走，远虽是远。只须坐七路提篮桥电车到底，就没有多少路。如懒得问，黄包车十来个铜子也拉到了。寓所就在office[办公楼，办事处]转角。原该早告诉你的。

今后再不说诳话欺骗自己了，愿意炼成一个坚强的钢铁样的信心，永远倾向着你，当我疲倦了一切无谓的游戏之后。我不愿说那是恋爱，那自然是比恋爱更纯粹的信念。我愿意懂得"永恒"两字的意义，把悲壮的意味放入平凡的生活里，而做一个虔诚的人。因我是厌了易变的世事，也厌了易变的自己的心情。

你并不伟大，但在我心里的你是伟大的。

给你深深的友爱，我常想你是比一切弟弟更可爱的弟弟。

朱　九日傍晚

醒来觉得甚是爱你

昨夜我看见郑天然向我苦笑。你被谁吹大了，皮肤像酱油一样，样子很不美，我说，你现在身体很好了，说这句话，心里甚为感动，想把你抱起来高高的丢到天上去。醒来觉得甚是爱你。

这两天我很快活，而且骄傲。

你这人，有点太不可怕。尤其是，一点也不莫名其妙。

朱

我是属于你的

小姊姊：

　　你好？我……没有什么，很倦，又不甘心睡，也不愿写信。

　　家里有没有信？我希望你母亲早已好了。

　　又一星期过去，日子过得越快，我越高兴。我发誓永不自杀，除非有一天我厌倦了你。

　　每天每天你让别人看见你，我却看不见你，这是全然没有理由的，我真想要你喂奶给我吃。

　　有人说我胖了，我完全不相信，你相信不相信？你现在生得是不是还像我们上次会面时一样？也许你实在很丑也说不定，但我总觉得你比一切的美都美，我完全找不出你有任何可反对的地方，我甘心为你发痴。

如果你不欢喜我说这样话，我仍然可以否认这些话是我说的，因为我只愿意说你所喜欢听的话。

我是属于你的，永远而且完全地。愿你快乐。

专说骗人的诳话者　十一夜

如果我想要做一个梦，世界是一片大的草原，山在远处，青天在顶上，溪流在足下，鸟声在树上，如睡眠的静谧，没有一个人，只有你我，在一起跳着飞着躲着捉迷藏，你允不允许？因为你不允许我做的梦，我不敢做的。我不是诗人，否则一定要做一些可爱的梦，为着你的缘故。我不能写一首世间最美的抒情诗给你，这将是我终生抱憾的事。我多么愿意自己是个诗人，只是为了你的缘故。

我爱你不为什么理由

哥哥：

　　读了昨夜我给你的信，不要气我，不要笑我，尤其不要可怜我，今天我清新得很，想不到又下雨了。昨夜梦见弟弟，他成天在床上翻书，好像他不愿意住在学校里，因此回家了；我要每天坐电车上工厂做工，很有精神。我有没有告诉你，我的小的兄弟到福建当大兵去了，很有趣不是？我们做人，就像在一个童话里。昨夜跑出来把信丢在邮筒（油桶，我们从前说的）里，弄堂里看见月亮，一路上充满了工厂里吐出来的煤气，这就是我们的蔷薇花香了。Sol sol me，re do' la do' fa，la do' sol me re sol do.这是他们唱的歌，我不知道是什么歌。我买了一包奶油朱古力。

今天早晨老太婆打碎我一只茶杯，摸出二角几个铜板，费了好一会心思算出来的价钱，硬要赔我，还她还不肯拿，很诚朴。要是这时候卓别麟[1]摇摇摆摆的进来，一定很有趣。跟他们大人我讲不来话，因为我太小了，跟小人儿又讲不来话，因为我太大了。臭虫报告了春天的消息，昨天在被中发现一个，小小心心用纸儿将它裹了，我碰一碰它就怕，觉得浑身臭虫在爬，恶心死人。愿你笑！

Ariel[2]

我忘记了我说过甚么话使你感激，愿你不要过分相信我，过分相信一个人会上当的。好坏都随各人判断，没有甚么该不该。你要是能放心我，能随便我向你说什么话，我就快活了。我多分是一个趣味主义者，不是十分讲理的，我爱你也许并不为什么理由，虽然可以有理由，例

---

1 今译卓别林，英国影视演员、导演、编剧。
2 爱丽儿，莎士比亚戏剧《暴风雨》中的小精灵。

如你聪明，你纯洁，你可爱，你是好人等，但主要的原因大概是你全然适合我的趣味。因此你仍知道我是自私的，故不用感激我，感激倘反一反很容易变成恨，你愿意恨我吗？即使你愿意恨我，我也不愿意被你恨的。我们永远要好，就是那么一回事，今天下雨自然有下雨的原因，但你能说天什么理由一定要下雨呢？

关于这题目有说不完的话，最好你相信，你应该这样"幸福"，如果这是"幸福"的话。

不许你再叫我朱先生

阿姊：

不许你再叫我朱先生，否则我要从字典上查出世界上最肉麻的称呼来称呼你。特此警告。

你的来信如同续命汤一样，今天我算是活转来了，但明天我又要死去四分之一，后天又将成为半死半活的状态，再后天死去四分之三，再后天死去八分之七等等，直至你再来信，如果你一直不来信，我也不会完全死完，第六天死去十六分之十五，第七天死去三十二分之三十一，第八天死去六十四分之六十三，如是等等，我的算学好不好？

我不知道你和你的老朋友四年不见面，比之我和你四月不见面哪个更长远一些。

有人想赶译高尔基全集，以作一笔投机生意，要我拉集五六个朋友来动手，我一个都想不出。捧热屁岂不也很无聊？

你会不会翻译？创作有时因无材料或思想枯竭而无从产生，为练习写作起见，翻译是很有助于文字的技术的。假如你的英文不过于糟，不妨自己随便试试。

我不知道世上有没有比我们更没有办法的人？

你前身大概是林和靖的妻子，因为你自命为宋梅。这名字我一点不喜欢，你的名字清如最好了，字面又干净，笔画又疏朗，音节又好，此外的都不好。"清如"这两个字无论如何写总很好看，像"澄"字的形状就像个青蛙一样。"青树"则显出文字学的智识不够，因为"如树"两字是无论如何不能谐音的。

人们的走路姿势，大可欣赏，有一位先生走起路来身子直僵僵，屁股凸起；有一位先生下脚很重，走一步路全身肉都震动；有一位先生两手反绑，脸孔朝天，皮鞋的历笃落，像是幽灵行走；有一位先生缩颈弯背，像要向前俯跌的样子；有的横冲直撞，有的摇摇摆摆，有的自得其乐；有一位女士歪着头，把身体一扭一扭地扭了过去，似乎不是用脚走的样子。

再说。

朱　一日

只有你是青天一样可羡

清如：

昨夜我做了一夜梦，做得疲乏极了。大概是第二个梦里，我跟你一同到某一处地方吃饭，还有别的人。那地方人多得很，你却不和我在一起，自管自一个人到里边吃去了。本来是吃饭之后，一同上火车，在某一个地方分手的。我等菜许久没来，进来看你，你却已吃好，说不等我要先走了，我真是伤心得很，你那样不好，神气得要命。

不过我想还是我不好，不应该做那样的梦，看你的诗写得多美，我真欢喜极了，几乎想抱住你不放，如果你在这里。

我想我真是不幸，白天不能困觉[1]，人像在白雾里给什么东西推着动，一切是茫然的感觉。我一定要吃糖，为着寂寞的缘故。

这里一切都是丑的，风、雨、太阳，都丑，人也丑，我也丑得很。只有你是青天一样可羡。

这里的孩子们学会了各色骂人的言语，十分不美，父母也不管。近来哥哥常骂妹妹泼婆。妹妹昨天说，你是大泼婆，我是小泼婆。一天到晚哭，闹架儿。

拉不长了，祝你十分好！六十三期的校刊上看见你的名字三次。

朱　初三

1　方言，睡觉。

我只想吃了你，吃了你

你相不相信"一见钟情"这句话？如果不相信，我希望你相信。因为昨天有一个人来看我，我们看影戏，我们逛公园，她非常可爱，我交关[1]喜欢她。我说，她简直跟你一样好，只不知道她是不是便是你？也许我不过做了个梦也说不定。

亲爱的小鬼，我要对你说些什么肉麻的话才好耶？我只想吃了你，吃了你。

鸭　廿五

1　方言，非常。

第二章

愿化一面镜子，常常照你笑

不要愁老之将至，你老了一定很可爱。

而且，假如你老了十岁，我当然也同样老了十岁，

世界也老了十岁，上帝也老了十岁，

一切都是一样。

不骗你，我很爱你

宋姑娘：

　　读到芳札之后，不想再说什么话，因为恐怕你又要神经。

　　这星期过得特别快，因为中间夹着一个五一劳动节。其实星期制很坏。星期日玩了一天之后，星期一当然不会有甚么心向工作，星期二星期三是一星期中最苦闷的两天，一到这两天，我总归想自杀，活不下去；星期四比较安定一些，工作成绩也要好些，一过了星期四，人又变成乐天了，可是一个星期已过去大半，满心想玩了；星期五放了工，再也安身不住，不去看电影，也得向四马路溜达一趟书坊，再带些东西回来吃，或许就在电车里吃，路上吃；星期六简直不能做工，人是异样不安定，夜里总得两点钟才睡去；可是星期日，好像六天做苦工的代价就是这一天似的，却是最惨没有的日子。星期日看的电影，总比非星期日看的没兴致得多，一切都是空虚，路一定走了许多，生命完全变得不实在，模糊得很，也乏味得很；这样过去之后，到星期一灵魂就像是一片白雾；星期二它醒了转来，发现仍旧在囚笼里，便又要苦闷了。

你总有一天会看我不起，因为我实在毫无希望，就是胡思乱想的本领，也比从前差得多了，如果不是因为今天是星期五之故，我真不想活。

不骗你，我很爱你，仍旧想跟你在一起做梦。

朱

你是怎样好，怎样使我快乐

好朋友：

　　你知不知道我夜夜给你写信，然而总是写了一点，不是太无聊，就是话支蔓得无从收拾，本来可以写很长很长的信的，但是那很吃力，因此就去睡了。

　　我听见人家说，春天已快完了。今年这春天过的很有趣。其实觉得天气暖也只是不久的事，春天不春天本不干我甚么事，日子能过得快总是好，即使我们都快要老了。无论如何，我们老了之后，总要想法子常在一起才好。

今天到杨树浦底头跑了一回，看见些菜花和绿的草。静静的路上老头儿推着空的牛头车，有相当的意味。工厂里放工出来，全是女人，有许多穿着粗俗的颜色，但是我简直崇拜她们。

漠然的冷淡全不要紧，顶讨厌的是不关痛痒的同情，好像以为我生活得很苦很沉闷，而且有害身体，其实我是不会生活得比别人更苦的，而且你允许我这样说，我还是一个幸福的人，我总是想自己比别人更幸福的。好友，我不该这样想吗？你是怎样好，怎样使我快乐，除开我不能看见你。

小说都已看完，《罪与罚》好得很，《波华利夫人》[1]译得不好，比之前者动人之处也不及多，《十日谈》文笔很有风趣，但有些地方姑娘们看见要摇头，对女人很是侮辱，古人不免如此。

明天是所谓睏坦觉的日子，或者，大概，要去领教领教Garbo[2]。

我很想起张荃，她出路有没有决定？大概是在家乡

1　今译作《包法利夫人》。

2　嘉宝，美国影视演员。

教书。

　　梦中不识路，何以慰相思。我是怎样的爱听你说话。

祝福。

朱　廿一夜

我愿意舍弃一切，以想念你终此一生

　　昨天上午安乐园冰淇淋上市，可是下午便变成秋天，风吹得怪凉快的。今天上午，简直又变成冬天了。太容易生毛病，愿你保重。

　　昨夜梦见你、郑天然、郑瑞芬等，像是从前同学时的光景，情形记不清楚，但今天对人生很满意。

　　我希望你永远待我好，因此我愿意自己努力学好，但如果终于学不好，你会不会原谅我？对自己我是太失望了。

　　不要愁老之将至，你老了一定很可爱。而且，假如你老了十岁，我当然也同样老了十岁，世界也老了十岁，上帝也老了十岁，一切都是一样。

我愿意舍弃一切，以想念你终此一生。

所有的恋慕。

蚯蚓　九日

不多写，你会明白我

　　时间过得却快，现在三点半钟了。好友！我对你只有感激的欢慰和祝福的诚挚。几天的期望，换得一整天相聚的愉快，虽而今遗留给我的只是无穷的怅惘，我已十分满足。我不欲再留恋于此，已定坐七点十五分快车一个人悄悄地离校。我知道这次我不该来，在外边轻易引不起任何的伤感，一到此便轻轻拨起了无可如何的恋旧之思。这是我自寻烦恼，你不用为我不安（老鼠爬到身上来）。这环境于我不适，我宁愿回到嚣尘的沪上。望就给信我（老鼠爬到头上）。

我不能眷怀已往的陈骸，只寄希望于将来，总有一天，生活会对于我不复是难堪的drudgery[苦工]。我十分弱，但我有求强的意志。寂寞常是啮着我，唯你能给我感奋，永远不能忘记你!

不多写，你会明白我，放假后过沪时，我从今天起再开始渴念着见你一次。现在我走了，我握你的手。

朱　二日晨四时

把你欺负得哭不出来

宋：

　　你把我杀了吧，我越变越不好了。

　　我想不出你将来会变得怎样，但很知道我自己将来会变得怎样，当我看见一个眼睛似乎很贪馋，走路东张西望，时常踩在人家脚上，嘴里似乎喃喃自语的老头子，我就认识，这就是我。

　　今天幸亏天气好——不热，有些雨，否则我一定已经死了，最近的将来我一定要生几天病，因为好久不病了。

　　要是世上只有我们两个人多好，我一定要把你欺负得哭不出来。

俚词四首（借用张荃女史诗韵）
水面花飘水面舟　猖狂一辈少年游
宁教飞花随水去　莫令插向老人头

美人汗与花香融　且敞罗衫纳野风
春去春来都不管　好酒能驻朱颜红

恼杀枝头间关禽　恼杀一院春光深
敲碎一树桃李花　莫教历落乱侬心

陌上花儿缓缓开　天涯游子迟迟回
只愁来早去亦早　不如日日盼伊来

我爱宋清如，因为她是那么好。比她更好的人，古时候没有，以后也不会有，现在绝对再找不到，我甘心被她吃瘪。

我吃力得很，祝你非常好，许我和你偎一偎脸颊。

无赖　星期日

你有没有做过五彩的梦?

清如贤弟:

昨天夜里看Booth Tarkington[1]的《十七岁》,看到第二百页的时候,已经倦得了不得,勉强再看了三四十页,不觉昏昏睡去,做了许多乱梦,其中有一个梦五彩缤纷,鲜丽夺目(你有没有做过五彩的梦?),追到睡醒,忽然看见电灯尚未扭熄,大吃一惊,如果给居停看见了,又要痛心电费。一看表已快五点钟,熄了灯,天也已亮,于是

---

1 布思·塔金顿,美国小说家、戏剧家。

把《十七岁》看完，再睡下去，梦魇了起来，照例是身子压得不能动弹，心里知道在梦魇，努力想挣扎醒来，似乎费了九牛二虎之力把半身抬起，其实仍旧是躺在床上那一套。

在良友里用廉价把《十七岁》买来，作者B.T.或者不能说是美国第一流的作家，但总是第二流中的佼佼者。描写十七岁男孩子在初恋时种种呆样子，令人可笑可怜，至少很发松，大可供消遣之用。"大华烈士"以论语派的文字把它译出，译文也不讨厌。如果你不讨厌我只会向你献些无聊的小殷勤，便寄给你。实在！让疯头疯脑的十七岁做做恋爱的梦，也尚可原谅，如果活过了二十岁还是老着脸皮谈恋爱，真太不识羞了，因此我从来不曾和你恋过爱，是不是?

今天希望有你的信（但似乎是没有的样子）。我待你好。

吃笔者　十四

我是深爱着青子的

清如:

要是我死了见上帝，一定要控诉你虐待我。

人已做到了山穷水尽的地步，再有何说？要是我进了修道院，我会把圣母像的头都敲下的。

总之你是一切的不好，怨来怨去想不出要怨什么东西好，只好怨你。

今天提篮桥遇见了苏女士，照理一年不见了应该寒暄几句，可是她问我哪里去，我想不出答案，便失神似地说回去，她似乎觉得这话有点可笑，我只向她笑笑而已，一切全是滑稽。

愿上帝祝福所有的苦人儿!

如果穷人都肯自杀,那么许多社会问题,都可不解决而自解决,我以为方今之世,实有提倡自杀的必要。

总之你太不好,我这样不快活!

再没有好日子过了,再不会笑笑了,糖都要变成苦味了,你也不会待我好了。

总之这样下去是不成的,我宁愿坐监牢。

为什么你要骂我?为什么你……人家都给他们吃,只不给我吃,我昨天不也给你吃花生?

我秘秘密密地告诉你,你不要告诉人家,我是很爱很爱你的。

我是深爱着青子的,

像鹬鹰渴慕着青天,

青子呢?

睡了。

鹬鹰呢?

渴死了。

没有茶吗?

开水是冷的。

我要吃ice cream[冰激凌]。

我要打宋清如，那尼姑。

希望世上有两个宋清如

好:

　　我希望世上有两个宋清如,我爱第一个宋清如,但和第二个宋清如通着信,我并不爱第二个宋清如,我对第二个宋清如所说的话,意中都指着第一个宋清如,但第一个宋清如甚至不知道我的存在。要你知道我爱你,真是太乏味的事,为什么我不从头开始起就保守秘密呢?

　　为什么我一想起你来,你总是那么小,小得可以藏在衣袋里?我伸手向衣袋里一摸,衣袋里果然有一个宋清如,不过她已变成一把小刀(你古时候送给我的)。

我很悲伤，因为知道我们死后将不会在一起，你一定到天上去无疑，我却已把灵魂卖给魔鬼了，不知天堂与地狱之间，许不许通信。

我希望悄悄地看见你，不要让你看见我，因为你不愿意看见我。

我寂寞，我无聊，都是你不好。要是没有你，我不是可以写写意意地自杀了吗？

想来你近来不曾跌过跤？昨天我听见你大叫一声。假的，骗骗你。

愿你好好好好好好好。

米非士都勒斯[1] 十三

---

1 今译靡菲斯特，《浮士德》中的魔鬼。

猜想你一定想念我

朋友：

今天你也显出你的弱点来了。我还以为你真是"寡情"的，然而寡情的人是应该无爱亦无恨的，那么发狠做什么。

你骂我，我会嬉皮涎脸向你笑；你捶我，虽然鸡肋不足以当尊拳，但你的小拳头估量起来力气也无多，不至于吃不消；你要看我气得呕血，也许我反会快乐得流眼泪。我猜想你一定想念我，否则该已忘了我（已经四五十年不通信了呢，把一天当作三年计算）。我早已对你说过我向你说的是谎话，因此你不该现在才知道。你不要我怜悯，我偏要怜悯你，小宝贝怎么好让你枯死渴死萎死呢？天那么暖，冰冻死是暂时不会的。

一个人只被人家当作淡烟一样看待，想想看也真乏味得很，我倒愿做一把烈火把你烧死了呢。做人如此无聊，令人不高兴写信。

寄奉图画杂志两本，并内附图画数幅，亦小殷勤之类。你如嫌嘴酸，不要骂我也罢，如嫌手痛，不要捶我也罢，如怕自己心痛，不要看我呕血也罢。

老鼠（因不及小猫，故名）

祝你发福

爱人：

用了两天工夫给或友[1]写了一封英文的情书，计长五六大页。告诉你，这是一件登天的工作。要是有人问起我来："你善于踢足球呢，还是善于写情书？"我一定说："比较说起来，我还是善于踢足球。"

世上最无聊的事便是写情书，如果有写之之必要的话，最好像圣诞卡片一样，由出版家请人设计一些现成的

1　即"某一位朋友"。

情书，或者由诗人们写上一些丁香玫瑰夜莺的诗句，附上些花啊月啊，邱匹德[1]之类的图案，印好之后发卖，寄信者只要填上姓名就好了。因为就是信的开端的称呼，如亲爱的挚爱的热爱的疼爱的宠爱的眷爱的……小麻雀小松鼠小天使小猪猡……以及末尾的自称，你的忠实的你的唯一的你的永远的等等，都已印好，这样就非常方便，横竖如果对方是聪明的话，早知道这些不过是顽意儿罢了。

可怜的就是那些天真的男女们，总以为人家写给他的信所说的是真话，或者自以为自己所写的是真话。一个人没有理由相信他自己，正如他没有理由相信人家一样。

（以下七十五字检查抽去）[2]

|_____|

祝你发福。你不要我来看你是不是？我待你好。

1　今译丘比特。

2　"（以下七十五字检查抽去）"一句为作者手稿原件内容。

你怕不怕肉麻

□□□□

你怕不怕肉麻？如果不怕肉麻，我便把一切肉麻的称
呼用来称呼你。

□□□□

我相信我将不能认识你，因为现在我确已完全忘记你
的面貌，下回得再把你看得仔细些记得牢些。你愿意我在
什么时候来看你？今天下午？大后天？下一个月？明年？
还是一百年之后？我真疼你疼你，希望没有大狼会来驮了
你去。

你说我们将来会如何结局？还是我不要了你，你不要了我，大家自然而然地彼此冷淡下去，还是永久跟现在一样要好，或是有什么其他的变化？我相信将来也许你会被我杀死也说不定。照你想来，如果我们在一块儿生活，会不会是一件很可怕的事？

我觉得我很"滑稽"（这"滑稽"两字不是说富于幽默，善诙谐之意，而是指一种莫名其妙但也并非莫名其妙的状态），我把自己十分看轻，这是一件很可怜的事，自命不凡固然讨厌，但自己看轻自己则更没出息，如之何？

总之你是非常好非常好的，我活了二十多岁，对于人生的探讨的结果，就只有这一句结论，其他的一切都否定了。

当然我爱你。

综合牛津字典 十三

注意：如果你不喜欢这封信，当然你可以假定这不是写给你的，而且我也可以否认这是我写的。

我是宋清如至上主义者

　　我不知道是什么东西，卢骚[1]的新哀洛绮思[2]（师范英文选第三册选入，这种物事好教学生！以文章而论，歌德的维特当然好得多了），恋爱，恋爱，那种半生不熟，十八世纪式的恋爱，幼稚而夸张，无谓的sentimentalism[感伤主义]，佳人+才子+无事忙热心玉成好事的朋友+扭扭捏捏不嫉妒的"哲学的"丈夫，这位丈夫，是卢骚特创的人物，篇中谁都佩服他，实际是最肉麻

1　今译卢梭，法国18世纪哲学家、思想家、教育家、文学家。

2　今译新爱洛伊丝。

的一个。

你不用赌神发咒我也早相信你了，前回不过是寻晦气的心情，其实我总不怪你。

我顶讨厌中国人讲外国话，并不因为我是个国粹主义者，如果一个人能够讲外国话，讲得比他的本国话更好的话，那么他尽有理由讲外国话，否则不用献丑为是。个人对于中国语言文字并无好感。

好人，我永远不对你失望，你也不要失望自己。

我希望你不要用女人写的信纸。

我以为理发匠非用女人不可，有许多理发匠太可怕，恶心的手摸到脸上，还要碰着嘴唇，叫你尝味它的味道。嘴里的气味扑向你鼻孔里，使人非停止呼吸不可。中国人喜欢捶背狠命扒耳朵，真是虐待狂。

伤风好了没有？你真太娇弱。

我不笑，不是不快活，无缘无故笑，岂不是发疯。

后天星期日。

接到你的信，真快活，风和日暖，令人愿意永远活下去。世上一切算得什么，只要有你。

我是，我是宋清如至上主义者。

人去楼空，从此听不到"爱人呀，还不回来呀"的歌声。

愿你好。

Sir Galahad[1]

P.S.我待你好

愿化一面镜子，常常照你笑

宋：

  庄××君很可同情，我对于吃笔[1]的人总是抱同情的。我相信他一定没有读过追求学，因此而遭惨败，实深遗憾。凡追求，第一要知己知彼，忖量有没有把握；第二要认清对方的弱点"进攻"；第三要轻描淡写，不露痕迹；第四须有政治家风度，可进则进，不可进则须看风收帆，别寻出路，不给被追求者以惹厌的印象。硬弄总是要弄僵

---

1 吃笔，即吃瘪。

的，寻死觅活的手段，只能施于情窦初开，从来不曾见过男人的深闺少女，柔弱的心也许会被感动。College girl[女大学生]大多是hard boiled[老练的，不动感情的]，这是认识不足和手段错误。如果李女士一定不肯接受他的好意，大概他以后会变成女性咒诅者。大多数的男人都是这样缺少sportsmanship[运动员风范，体育精神]的。对于女人的男性憎恶论，则我觉得较可原谅，因为女人之被男人吃笔大抵有历史的社会的根据，而男人之被女人吃笔，多份是自己的错处，主要的毛病出在"不识相"三字上。

你也许不是一切人的天使，但至少你是我的天使。

昨得"打油渣诗"一首，"仿宋体"：——

书隔一星期，口历七千万万世纪，思君意如火山爆发，每个细胞打结三十六次。临颖不知云，却怨天气好，愿化一面镜子，常常照你笑。

愿你伤风快好，我待你好。

和尚　十六

愿我亲爱的朋友与世无争

清如：

假使你再跟我多接触一点，那么我仍然会变成你所鄙弃之群中的一个，这话你相不相信。我实在是个坏人，但作为你的朋友的我，却确实是在努力着学做好人，我很满足，因为这努力已获得极大的报酬，可以死无遗憾的了。

说起来有些那个，每回接到你信，虽是很快活，但也有些害怕，生怕你会说嗔怪我的话。我太不天真，心里有太多的尘埃，话如果不经滤过而说出来，有时会使自己回想起来很难为情，到那时候，也只好涎着脸说"说过的话不算"而已。人要是不能原谅，那么世间将无一个可以称为好朋友的人，如果不是相信你能忽视我的愚蠢可笑的地方，我一定永远不愿意看见你，因为见了你我将无地自容。

以前我最大的野心，便是想成为你的好朋友，现在我的野心便是希望这样的友谊能继续到死时（把这称为野心，我想是一点也不过分），同时我希望自己能变好一些，使你更欢喜我。

人总是那么一种动物，你无论到那里总脱离不了可厌的诸相，少理会理会他们就是。厌恶是不必，因为你厌恶了人，人也要厌恶你，但你如不理会人，那么人也不理会你，这就很清净了。骂女同学不值三角三的人，其实原来他不会如此无礼，都是因为他在人眼中自身也不值三角三之故，因此这算不得是侮辱，只能说是阿Q式的复仇。

和异性相处，最好的方法，便是不要过立崖岸，稍为跟他们随和一些，但不要太狎近。有许多女同学遭人嫉骂，都是因为过于矜持，不大方之故。在男女同学的环境中，太装出不屑为伍的神气，的确是足以令人难堪的（当然不屑为伍也许有不屑为伍的理由，但人总是昧于责己，只知道你神气，而不知道反察自身）。我在之江读了四年书，同班的女生，也有到最后一学期，路上相遇如不相识的，这种人我总不知道为什么要到有男人的学校里来念书。男人有时确是很下流，但这是因为他们从未学得尊重女性之故，在他们的经验中，只以为女子是另外一种人类，要把这种思想打翻，男女同学的学校实在是一个最适宜的改造观念的场所，但因为女子一方面的性格上的消极性质，在学问上少合作，课外活动方面不和男生竞争，学校当局则务为不彻底的防闲，对于正规的异性间友谊不加以奖励（他们都以为这些青年们是挺会交朋友的，其实有些只会瞎谈谈恋爱，有些非常面嫩，而有些则对于异性有着成见的憎恶），这些都足以阻碍双方理解的成立，而使男女同学一句话成为虚名，甚至只有坏处而无好处。我以为比如说在之江一类学校里毕业了出来，如果是男子，那么不曾交到一个女朋友还不算奇怪，因为女同学人数少，在较少人数中选择一个朋友，机会是要少些，但如是一个女学生，那么至少也得有二三个以上的男朋友（不是说谈恋爱的人），因为二三百男子中，说是没有人配作她的朋友，这样的女子未免自视太高一些。不过这样的话，在目前是谈不到，男女间差异过大，隔膜太深，在客观环境未更变以前，渠们间的关系还只能以恋爱结婚为限，这是无可如何的。我们当然都是理想主义者，也许在旁人眼中是可笑的也说不定。

读了生物学之后，你会知道所谓两性这一问题是如何一种悲剧。人类间的异性爱能从盲目的本能变成感情的交响，再从单纯的感情经过理智的洗练，因是创造出一种完全不同的事物出来，不能不说是绝大的进步。现今人类还不能不忍受许多生物学上定则的束缚，但几千年后，借着科学的能力，也许关于人类的生存和生殖两个问题有着另一的方式，而男女性将变为仅仅是精神上的区别，以彼此的交互影响提高文化的标准，这未便是梦想，但那时人类当已进化到另一种阶段！

又是胡说。此刻我要出去，暂时不写了。

愿我亲爱的朋友与世无争，自得其乐。做人只有两种取乐之道，一种是忘我，忘了"我"，则一切世间加于"我"的烦恼苦痛皆忘！一种是忘人，忘了"人"，则一切世间的烦恼苦痛皆加不到我的身上。

朱朱　三日

你一定是个大傻子

小弟弟：

　　你才真傻，我又不问你爱不爱我，不过嚷嚷而已，其实你自己早对我说过了，我何必再问你？这正和我说我爱你一样，都不过是随口唱的山歌。而且你如真爱我，那你一定是个大傻子。（其实你不许我问你是你的自由，我问你也是我的自由，是不是？）

　　我已有充分的证据证实你生于民国元年岁次壬子，西历一千九百十二年，跟我同年岁，但我比你长三个多月的样子，这是毫无疑义的。说诳即使说得不合情理，至少不要自己露出马脚来才是，你有什么资格叫我弟弟？

我说你解除婚约一回事真不聪明，我承认一切都没有意思，代定婚姻、自由恋爱，以及独身主义三件事的价值同样等于零，因此何不一切随其自然？毕竟你还有点革命精神，不够做一个哲学家（比较起来，我觉得代定婚姻比自由恋爱好些，假如那父母是真有识见而真爱儿女的话，而且即使结果不美满，也可以归咎别人，不似自己上了自己当的有苦说不出）。

我不愿说吴大姐甚么坏话，其实她也没有什么不好，除了太女人气一点，我总没有法子使她了解我，你瞧我如不向她提说你，她便会猜疑我对她不忠实，我如向她提说你，说你很有趣很可爱，她又要生气不快活。当初我什么心腹话都给她说，我对你有了好感第一个便告诉她，她说："可笑！"那时我便伤透了心，我懂不出为什么她跟我做朋友便不可笑，而我跟别人做朋友便可笑。后来我知道她宁愿让我瞒着她跟人家要好而她自己假装不知道，这种态度虽也值得矜怜，但和我的主义太不合了。假如现在有一个人和你发生了很热烈的感情，初知道时我也许有点不快，但如你把他介绍给我以后，我也一定会和他成为好朋友，因为如果我爱你，你爱他，那么照逻辑推下去，我也一定得爱你所爱的人。我跟吴大姐有一个共通的朋友，他比我先跟她有交情，因为他是一个很忠厚而有道德（不像我一样轻狂）的人，已娶了妻子，因此不曾和她走上所谓恋爱的阶段。后来他对我的感情比对她的感情还好，但直到现在他对她都是一样的热情。当初我们三个人都说过彼此以同性朋友看待，我总不以为我跟你交朋友和跟郑天然任铭善交朋友或她跟陈敏学交朋友有什么不同，但这种思想也许只是傻子才会有，她不是傻子，因此不能懂得我。说起来很奇怪，在我和她第一年同学的时候，彼此还根本说不上有甚么交情，但已经常有人对我说，"吴大姐很爱你哩"，我当时不过以为人家开我的玩笑，其实我总觉得她不够爱我，她很难得给我说推心布腹的话，一切总是讳莫如深的样子，又常常要生我的气。我知道她是爱我的（现在她一定不肯承认），但那种爱很不能惬合我的心理，因为我要的是绝对没有猜疑的那种交情。

也许我十四下午仍会来杭州。我待你好。

阿弥陀佛

第三章

世间最可爱的朋友

我害怕我终不会成为你的一个真的好朋友，

因我是一个不好的人，但我愿意努力着，

只要你不弃绝我。

在梦里我不愿离开你

清如：

凄惶地上了火车，殊有死生契阔之悲，这次，怕真是最后一次来之江了。颇思沉浸六个钟头的征途于悲哀里，但旋即为车厢内的嘈杂所乱，而只剩得一个徒然的空虚之怅惘了。八点多钟回到亭子间里，人平安。

你会不会以为我这次又是多事的无聊？我愧不能带给你一点美好的或物，并不能使自己符合你的期望。每次给你看的一个寒伧的灵魂，我实不能不悲哀自己的无望。我没有创造一个新运命的勇气，不，志愿，又不能甘心于忍耐。正同你说的，我惟蕲速死，但苦无死法，人生大可悲观。人云，难得糊涂，虽糊涂的骨子里实具有危险，我苦于不能糊涂。

但只你我的友情存在一天，我便愿意生活一天。如果我有时快乐，那只是你美丽的光辉之返照。我不能设想有一天我会失去你，那是卑劣的患得患失的心理，我知道。我相当的爱我每一个朋友以及熟识的人，可能的话，我也愿爱人生和举世一切的人，但我是绝对的爱你，我相信。我希望这不是一个盲目的冲动，我该不能再受感情的欺骗了。

这次给我一个极度美丽的记忆，我不能不向你致无量感激敬爱之忱。我害怕我终不会成为你的一个真的好朋友，因我是一个不好的人，但我愿意努力着，只要你不弃绝我。

谁知道我们以后还会不会会见了！哀泣着的是这一个失去了春天的心。春天虽然去了，还能让它做着春天的梦吗？虽然是远隔着，在梦里我不愿离开你，永远。

愿你真的快乐，好人！

朱　十八夜

你是世上顶可爱的宝贝

宋:

　　今天四点半一人到常去吃东西的广东馆子里喝茶吃点心看小说，并没有什么趣味，我不知怎样找快乐，life always the same[生活总是如此]。

　　人家送了我一本Lawrence[1]的小说，一本禁得很厉害的东西，全是描写性交的文字。告诉我你是不是好宝贝，不曾读过一本"秽亵"的书?

1　劳伦斯，英国小说家。

我又要忙起来了，工作已逼上身，damn it[该死的]！

几时你写长一点的信给我，写三张信纸，我回答你六张。女人们常爱多话，可是信总写不长，不知什么缘故，也有会写得比较长一些的，但都是把同一的意思反复述说着，加上许多啊字呢字哩字。

你知道我刚才搁了笔想些什么？我想你诚然是很美的，不过那不是几何学上所能说明的那种匀称的美，也不是用任何标准可以丈量的美，你有一种敏感的纤细的笔触，我简直不敢碰你（我想你如果胖了，一定要不动人得多）。即使从你的恶劣的字体中，也仍然可以体味出你的美来。

你是世上顶可爱的宝贝，遥遥无期的见面，想起来怪不快活，但我不想再到杭州来。我有点恨，我太容易灰心。

四日

如果我忘了你

二姐已经睡得好好的了，小弟刚看卓别麟回来，胡闹得有趣。

雁歌暝归霞　楼凤惨瘵残　屏墨香尘老　轻灯舞往还

宿酒愁难却　旅尘染黉寒　临江慵写黛　病却盼花残

素缕委尘白　软绡染水红　春归絮舞苦　花老燕飞慵

千里无情月　尚临别梦明　断魂残酒后　掩泪倚青灯

——拼字集句成四首

　　这玩意儿是我发明的，即是把一些诗词抄在纸上，然后一个一个字剪下来，随意把各字拼凑成一些不同的诗句，如上例。很费心思，你一定不耐烦试。然而我待你好。

廿八夜　爱丽儿

　　我想要是世上有一个人，比你更要好得多，而且比你更爱我，那么我一定会忘了你的。不过那是谎话，如果真有那样一个人，我一定要咒诅那人，因为比你更好，即是不好。而且我为什么要人爱我呢？你倘不待我好我也一样待你好，除了你之外，我不许任何人待我好，但你待不待我好全随你便。

　　如果我忘了你，你会不会"略为有一点"伤心呢？我知道你一定会说"绝不！"为着这缘故，我更不肯忘了你，因为一个人如被人遗忘了而一点不伤心，这表示那忘记她的人对她会不值一个大，这是何等的侮辱呢。

莫名其妙的，日常我觉得我很难看，今天却美了一些。

你的鼻子有些笨相，太大一点，你试照照镜子看，你的眼睛最美，那么清澈而聪明，眉毛的表情也可爱。脸孔的全部轮廓，在沉静和愠怒时最好看，笑起来时，却有些凄惶相。是不是胡说呢？你的手跟你写的字一样太不文雅，不过仍然是女性的，令人怜疼，想要吻吻渠们。

廿九晨

请不要哭。请待我好

祖母大人：

　　请借给我五块钱，好久以后还给你。

　　请讲个故事给我听，Once upon a time there was a king[从前有一个国王]。

　　请不要哭。

　　请待我好。

出须官官　十七

对你说一千句温柔的蠢话

好人：

你简直是残忍，一天难挨过似一天，今天我卜过仍不会有你的信来。我渴想拥抱你，对你说一千句温柔的蠢话，然这样的话只能在纸上我才能好意思写写，即使在想像中我见了你也将羞愧而低头，你是如此可爱而残忍。

我决定这封信以情书开头，因此就有如上的话，但这写法于我不大合适，虽则我是真的爱你，如同我应该爱你一样。

如果到三十岁我还是这样没出息，我真非自杀不可。

所谓有出息不是指赚三百块钱一月，有地位有名声这些。常常听到人赞叹地或感慨地说，"什么人什么人现在很得法了"，我就不肚热那种得法，我只要能自己觉得自己并不无聊就够了。像现在这样子，真令人丧气。读书时代自己还有点自信和骄矜，而今这些都没有了，自己讨厌自己的平凡卑俗，正和讨厌别人的平凡卑俗一样，趣味也变低级了，感觉也变滞钝了。从前可以凭着半生不熟的英文读最艰涩的Browning[1]的长诗，而得到无限的感奋，现在见了诗就头痛，反之有时看到了那些又傻又蠢气的电影，倒要流流眼泪，那时我便要骂我自己，"你看看你这个无聊的家伙，有什么好使你感动的呢，那些无灵魂的机械式的表演？"真的我并不曾感动，然而我却感动了。一个人可以和妻子离婚，但永远不能和自己脱离关系，我是多么讨厌和这个无聊的东西天天住在一个躯壳里！如果我想逃到你的身边，他仍然紧跟着我，因此我甚至不敢来看你，因为不愿带着他来看你。我多么想回到我们在一处作诗（不管是多么幼稚）的"古时候"，我一生中只有那一年是真

---

1 勃朗宁，英国诗人、剧作家。

的快乐，真的满足，满足自己也满足世界，除了太过渺茫了的我的童年，那还是太古以前的事，几乎是不复能记忆的了。

你知道火炉会使人脸孔变惨白，但你不知道人即使在火炉旁也会冻死的，如果有人不理他。杭州已下雪了，这里只有雨，那种把人灵魂沾满了泥泞的雨。冬天唯一的好处是没有臭虫，夜里可以做梦，虽然我的梦也生了锈了。

寄与你一切的思慕。

朱儿

我不敢说出你的名字

宋:

　　孺慕这两个字也许用得很不适当，但没有别的名词比这更好地道出我对你的怀念，那不能是相思，一定是孺慕。

　　你走了一礼拜了，仿佛经过了好几月，前夜写了封信，却不曾发出。话是没有什么可说，只告诉你我虽不快活，也不比一向更不快活，日子尚不至于到不能挨过的地步。其次你到家后还未有信给我，已经在望了。我不要你怎样费工夫给我写信，只草草告诉我安好就是。我只盼快点放假回家，虽然也不会有甚么趣味，或者到杭州望望铭善去。

以全心祝你快乐健康。

朱　廿三

假如有人问我烦忧的缘故，

我不敢说出你的名字。[1]

1　这是化用戴望舒《烦忧》中的句子，原句为"假如有人问我的烦忧，我不敢说出你的名字"。

你现在希望什么

一九三五年一月廿三晚间

今天曾到什么地方走过?

四点半因为寄一封信出门去,茫然地坐Bus[公共汽车]到外白渡桥下来,抄到北四川路邮政局前,摊头上买了一本《良友》(不好,印刷也大退步),旋即回来,总之,做人无趣。

刚才吃过夜饭吧?

是的,今夜饭菜有鸡,虾,咸肉等,虾是二阿姨从常州带来的,伯群先生也在座,看样子他们的婚期就在最近，青春过了的人，对于这种事，除了觉得必要这一个思想外，不会感到怎样的兴奋吧。总之，人生不过尔尔。

请问，足下对于婚姻的意见。

这是个无聊的发问。我只觉得看着孩子们装新郎新妇玩是怪有趣的，变成真事就没趣。总之，浮生若梦。

感慨很多吧？

没有什么感慨。有一个朋友因放学需钱，要向我告借五块，有趣得很，端整的钢笔字写了满一页，开首是寒暄，于是说我心性倾向悲观，应当怎样求解脱，念佛修行……

是不是开玩笑的写法？

不，完全是一本正经的，他是个古怪的佛教徒。于是借钱。钱我借不出，五块钱是还有，预备留在身边。去年他也向我借过五块，那时正是闹裁员欠薪，我一块都没有，好容易设法寄了他，不但不还，收到后回信都不给。在现在懒得一切的心情里，像煞有介事的写复信去给他声明苦衷兼讨论大乘教义的事，也只能作罢了。一切有为法，如露亦如电。

今天晚上预备如何消磨？

可怜也，本想一头钻到被里翻旧的外国杂志看，可是心里觉得怪无可如何的，想写信给澄哥儿[1]。

他今天没信来吗？见了相依为命的母亲的面，该是怎样的悲喜交集吧。

今天望了一天信，只要知道他平安快乐就好了。做人有什么办法，不要见的人天天混在一起，心里欢喜的人一定要盼呀盼呀才盼到一天半天或者几十分钟的见面。

得了，你有那么好的一个朋友，岂不应该心满意足了吗？这世上，寂寞的人，心灵饥饿的人，是多到无可胜计哪，比之他们，你算是特别幸福的了。

（受了恭维，很快活）所以，我总不承认我是pessimist[悲观主义者]。

你现在希望什么？

容我思索一下。——希望生活有些满意的变化，这是uncertain[不确定的]的。最远一个希望是死，永久的安息。比如拍电影，这是远景，把镜头尽量推近，一个可能的希望是不久能再看见我的朋友（你知道我说的是谁）；

1　指宋清如。

再推近，一个半身景，这希望是快些放阴历年假；再近，一个面部的特写，是希望最近的一个星期日。

近来看过电影没有？

正式看过的只一张《国际大秘密》，片子不坏，人材不差！但趣味不浓厚，是美国式的俄国革命影片，其中的列宁扮得很像。中央电检会通过准映，但今天报纸上又载重新禁映了，不知什么理由。其实是非常灰色的一张。

领教领教，现在预备写信了吧？

不，算了。今晚一定早点睡。

那么再说，愿你今夜有个好梦。

看见宋吗？我想我不会有那样福气。

不要让烦恼生了根

　　人生当以享乐为中心。第一种人眼前只道是寻常，过后方知可恋，是享乐着过去。第二种人昨日已去，不用眷眷，明日不知生死，且醉今宵，是享乐着现在。第三种人常常希望，常常失望，好在失望后再作新的希望，现实不过如此，想像十分丰富，是享乐着未来。你在读书时可以想像放假而快乐，放假时可以想像读书而快乐，于是永远快乐。

　　我假从二月二日（记住那是我的阳历生日，阴历生日已过去两个星期）放起，不想就急急回家，那天（明天）

上午或者去买东西，下午或者去看舞台人的演剧，或者晚车回去，三日四日五日六日都在家，七日回上海，八日再可以玩一天，九日上工，十日星期仍上工，到十七再玩。

到家里去的节目不过是吃年糕，点蜡烛，客人来（我希望她们不要叫我拜客了），以及叉叉麻将。

新近发现了一条公理：凡是巴巴的来看我的朋友，都不外是因为：1.借钱，2.托我事情；其余的朋友都不愿意见我，这最近有好几个例证：

一、一个在苏州的好几年不见但常通信的朋友到上海来，打电话叫我到中央旅社看他，我把中央误听了东亚，找不到，后来他说，本想来看我，想想见面没甚么意思，因此就走了。

二、你过上海时我来车站望你，你说我不应该来看你。

三、郑××上次穷瘪来投靠我，今番堂而皇之地出洋，于是打电话来关照我都叫茶房代打，当然再不要光顾亭子间了。

四、我叫任铭善到我家来玩，他想了好几天，终于决定不来。

苦笑而已，云何哉。

看见太阳，心里便有了春天，天气真有暖意，即使不怎样暖（否则室内不用生火炉），至少有这么一点"意"。可是上海是没有春天的，多么想在一块无人的青草地上倒下来做梦哩。手心里确是润着汗，今年的冬天是无需乎皮袍子的，只是不知几时才会下雪，虽然我并不盼望。

你的来看你的朋友如果不是一个古怪的人，便是一个平常的人，因为你要叫我猜，我便猜她（不是他吧）是一个古怪（means[意思是]有些特殊的地方）的人，否则你没有向我特别提说的必要。古怪两字用指最高泛的意义，不单指人的本身，也指case[情形]，condition[状况]等等而言。

这答案答得坏极。

Bertram[1]的离别使她的眼里充满了眼泪，心里充满了悲伤。因为她虽是绝望地想着他，但每点钟和他相对，对于她终是很大的安慰。Helena[2]会坐着凝望着他暗黑的眼

1　勃特拉姆，莎士比亚戏剧《终成眷属》中的男主人公。

2　海丽娜，莎士比亚戏剧《终成眷属》中的女主人公。

睛，他慧黠的眉毛，他美发的涡卷，直至她好像把他的肖像完全画在她的心版上，那颗心是太善于保留那张可爱的脸貌上每一根线条的记忆了。

当我年轻的时候，我也是这样的。爱情是那朵名为青春的蔷薇上的棘刺。在年轻的季节，如果我们曾是自然的儿女，我们必得犯这些过失，虽然那时我们不会认它们为过失。

不要自寻烦恼，最好，我知道你很懂得这意思。但是在必要的时候，无事可做的时候，不那样心里便是空虚得那样的时候，仍不妨寻寻烦恼，跟人吵吵闹闹哭哭气气都好的，只不要让烦恼生了根。

你是个美丽而可爱的人，春天、夏天、秋天和冬天的精神合起来画成了你的身体和灵魂，你要我以怎样的方式歌颂你？

祝福！

朱朱　一日

真想着你啊

哥儿：

不动笔则已，一动笔总是sentimental[感伤的]，我很讨厌我自己。

几天暖得像大好的春天，今天突冷，飘雪。

真想着你啊，还有好多天呢。

有人说我："说着想念你啊想念你啊的一类人，都是顶容易忘记人的。"我不知道自己究竟是不是那种人，容不容易忘记人现在也没有事实为自己证明。但如是那样能热热烈烈地恋，也能干干净净地忘却，或比不痛不痒的葛藤式的交情好些吧？作文章，写诗，我都是信笔挥洒，不耐烦细琢细磨的人；勾心斗角的游戏，也总是拜人下风的。

该有信给我了，你允许我的。

一本《古梦集》，抄得你梦想不到的漂亮，快完工了，作礼物送给你，至少也值得一个kiss[亲吻]。

真愿听一听见你的声音啊。埋在这样的监狱里，也真连半个探监的人都没有，太伤心了。这次倘不能看见你，准活不了。

哥儿是用不到我祝福的，因哥儿的本身即是祝福，是我的欢乐与哀愁的光明。

朱　2/2下午

求上帝许我多梦见你几次

清如:

我四日回家去，七日回上海，假使你在那几天里动身，肯到我家里来当然很好。不过我不盼，因为已知道我们彼此的运命是成十字形的，等我在嘉兴的时候，你又会打上海转了。我已不希望再看见你，除非如你所说的，等我讨老婆的时候，你一定会来（虽然你的话也未必作得准），然而为要看见你而讨起老婆来，这终好像有点笑话，而且很不合算，倘使看见你一次了还不够，那么须得把老婆离了再娶过，岂不滑稽? 最好还是娶你做老婆，你看怎样？——别怕，我不要向你求婚，但我有了一个灵感，说，你如果到四十岁还嫁不出去，我一定跟你结婚，好不好？如果我到那时还没有死（你也没有死），一定要安安静静地活下去了，现在是只有烦心，娶了妻子会烦死。

你嫁人时候我一定不来吃喜酒，因为我会脸红。喜酒最不好吃，我宁愿两人对酌，吃花生米喝淡酒（最好是甜酒），可以十杯廿杯尽喝下去，一喝就醉太无意思。

总之前途瞻望甚黯淡，绝对悲观，还是求上帝许我多梦见你几次吧。

祝好。

绝望者

你肯不肯嫁我？

好人：

你初八的信于今天读到。

如果要读书，倘使目的是为趣味，那么可以读读子书、笔记和唐宋以后的诗词、英文的小说戏曲，倘使要使自己不落伍，则读些社会科学的书，但不必成为社会主义者。

回家很没趣味。兄弟一个失业，拉长了面孔，一个又吐出过一点血。长者们逼我快娶亲，你肯不肯嫁我？或者如果有这样的人，你可以介绍我：

1. 年龄二十五至三十。

2. 家境相当的穷。

3. 人很笨。

4. 小学或初中毕业，或相当程度（不必假造文凭也）。

5. 相貌不甚好，但勉强还不算讨厌。

6. 身体过得过去，但不要力大如牛，否则我要吃瘪。

7. 不曾生过儿子，生过儿子而已死或已丢掉则不妨。

8. 能够安安静静坐在家里不说话。

9. 最好并无父母，身世很孤苦。

10. 不喜欢打扮及照镜子。

11. 不痴心希望丈夫爱她（但可以希望他能好好待遇她）

这种是不是无聊话？

我永远爱你。

朱　二月十五

信仍寄世界书局较妥

为什么你不同我玩呢

清如:

快用两句骗小孩子的话哄哄我,否则我真要哭了,一点乐趣都没有,一点希望都没有。今天本想听concert[音乐会]去,害怕听不懂,对着那种高贵的音乐一定会自惭形秽,也许要打瞌铳,因此不曾去。你为什么不同我到云栖走走去?看了半张《倾国倾城》的影片,西席地米尔[1]这老头子真该死,可以为他鸣起葬钟来了,表演的没精神,庸劣到无可复加的地步,布景的宏丽,浪费而已,偏有人

1　今译西席·迪米尔,英国演员、剧作家。

会称赞它是莎翁的悲剧，该撒安东尼都是一副美国人相，可想而知了。总之一切令人生气，走到杂志公司里，翻到了一本《当代诗刊》，看见了老兄的大作[1]，也有点不高兴。回来头里发昏，今天用去两块半钱。几时我想把桌上的书全搬掉了，对于学问文艺，我已全无兴趣。人家说，原来老兄研究诗歌，一本本都是poems[诗]，滚他妈妈的，我不知把它们买来做甚么，再无聊没有了。一个心地天真读政治经济的朋友，却有了进入文坛的野心，半块钱一千字的卖给人家，其实他的能力很不高，但没有自知之明，失业，生活都过不去，却慷慨激昂地说："他们有钱，坐汽车，住洋房，浑天糊涂，死了之后，哼哼，谁还记得他们。看，巴尔扎克、莎士比亚、爱伦坡（每回他要向我特别称赞这位美国小说家诗人），死去了多少年，他们的著作留在世上，大名永垂不朽。"谢谢上帝，我不想身后名，汽车洋房，在我看来也不是怎样了不得的有趣，还是让我在一个静悄悄的所在，安安静静地死去吧。昨天为郑天然到商务里买一本钟先生的中国哲学史（又要我挖出两

1　指宋清如发表在《当代诗刊》第1卷第2期上的童话《莉莉是一个从前的女王》。

块钱），他们问我什么人做的，我说钟泰，他们说什么钟泰，没有，中国哲学史只有冯友兰的，我翻图书目录点给他们看才去找了来，岂不伤心？回来自己翻了翻，实在也看不下去，住在市侩社会里一些时，这种东西读上去真太玄腐了。这些学者们独善其身，和人群隔得那么远远的，做着孔孟之道的梦，真也有点可笑。秦始皇是快人，可惜他的火等于白烧。

上海批评电影的人有硬派软派，上海的文坛也有近乎如此的分别，实际即是现代和文学，施蛰存和傅东华的对立，后者大言不惭，专门骂人，自以为意识准确，抓住时代，施蛰存现在和叶灵风何家槐一批人都是typical[典型的]的海派作家了。这一个圈子里实在也毫无出路（虽则有许多人是找不到进路），中国不会产生甚么大的文学家艺术家，从古以来多如此，事实上还是因为中国人太不浪漫，务实际到心理卑琐的地步的缘故，因此情感与想像，两俱缺乏。

我很不好，为什么你高兴和我做朋友？你也不好，全然不好，我知道，但我爱你，为什么你不同我玩呢？

兴登堡将军

世间最可爱的朋友

清如：

在刚从严寒中挣扎出来，有温暖而明朗感的悦意而又恼人的天气，在凄寂的他乡，无聊的环境里，心里有的是无可奈何的轻愁，不知要想些什么才好，只是倦倦地怀忆着一个不在身旁的，世间最可爱的朋友，无论如何，当我铺纸握笔的时候，应该是有一些动人的话好说的，然而我能说些什么呢？

我无法安排我自己的时间，想定定心在公余做一些自己的工作，不能；随便读些书，也是有心没绪的。心里永是那么焦躁不宁。如果不是那样饥渴地想忆着你，像沉舟者在海中拼命攀住一根漂浮的桅杆一样，我的思想一定会转入无底绝望而黑暗的深渊，我觉得我的生命好像不是属于自己的，非自己所能把握。

要是此时我能赶来看看你，该是多么快活！我说如果我们能有一天同住在一个地方的话，固然最好相距得不要太远，但也不必过近，在风雨的下午或星月的黄昏走那么一段充满着希望的欢悦的路，可以使彼此的会面更有意思一些。如果见面太容易，反而减杀了趣味，你说是不是？如果真有那一天就好了！别离有时是太难排遣的。

廿九　夜

我渴望和你打架，也渴望抱抱你

宋：

　　你前儿那封信里说的话一通也不通，懒得驳你了。世上没有什么人会爱你，因此只好自己骗骗自己说恋爱是傻了。顶聪明的人都是爱寻烦恼的，不寻烦恼，这一生一世怎么度过去？理学先生都有说不得的苦衷。活人总是常戚戚的，死人才坦荡荡。

　　我渴望和你打架，也渴望抱抱你。

　　你这恼杀人的小鬼。不要因为我不爱你而心里气苦。

　　　　　　　　　　　　　　　　岳飞　三月二日

你很苦，真是，谁也不疼你，快钻到被头里去哭吧。

三等无轨电车里两个女人打架，今天总算得到了点thrilling[令人兴奋的]，女人打架，照例我总是同情比较好看一点的那个，事实是女人跟女人相打，总是彼此毫无理由的多，要判断谁曲谁直，永远是不可能的。

天实在太暖了，趁着好的太阳光，多走走路吧，不要闷着等死，你如要等死，死便不肯来的。

我愿意我能安慰你

清如：

今天上午阴了半天，果然下起雨来，心里很不痛快吧？昨夜我很早的睡了，可是睡不着，今天头痛，吃过中饭倦得很，头只是倒下来。一个小学生上课时举起手来，问他，他站起来，手背揩了揩眼睛，说，先生，我要睡觉去！

从前刘延陵有过一首诗，写小孩子陪着母亲，坐船渡河，带着鲜花去望医院里病着的姑姑。母亲叫他唱歌，小孩拍起手唱："……说得尽的安慰，我们都说过了，说不尽的安慰，我们都交付给鲜花了……"反复着轻柔的调子，很美，有太戈尔[1]《新月集》里的调子。《新月集》你读过没有？

你病了，想起来也心里寂寞得想哭，不十分难过还好。我愿意我能安慰你。等你爽了再给我写信吧。祝福！

二十下午

---

1 今译泰戈尔，印度诗人、文学家。

第四章

无尽的离思呵

我想要在茅亭里看雨、假山边看蚂蚁，

看蝴蝶恋爱，看蜘蛛结网，

看水，看船，看云，看瀑布，

看宋清如甜甜地睡觉。

我要吻吻你

好好：

今天毫无疑问地得到了你的信，就像是久旱逢甘雨一样。

吃喜酒真非得要妈妈同着不可，难为情得一塌糊涂，今后誓不再吃（你的喜酒当然我一定不要吃）。世上没有比社交酬酢更可怕的事（除了结婚而外）。

我希望你不要嫁人，如果你一定要嫁人的话，我希望你不要嫁像我这种男人（如果我也可以算是男人的话），要是你一定要嫁像我这种男人呢，那我也不管，横竖不关我事。

我今天要到街上去，买信封信纸墨水（全是为着给你写信用的），再买几本小说看。你有没有看过杜思退益夫斯基[1]的《被侮辱与被损害的》[2]？如果商务廉价部里有这本书，我可以买来给你。

我待你好，直到你不待我好了为止。也许你不待我好了，我仍待你好的，那要等那时再说。

我要吻吻你。

魔鬼的叔父　三日

1　今译陀思妥耶夫斯基，俄罗斯作家。

2　即《被伤害与侮辱的人们》。

我得恭维恭维你

张荃中毒太深，已无法救治，让她去吧。

我的意见是恋爱借条件而成立，剥夺了条件，便无所谓恋爱，这是皮之不存，毛将焉附的道理，因此恋爱是没有"本身"的。所谓达到情感的最高度，有何意义呢？聪明人是永不会达到情感的最高度的。究竟你仍然是一个恋爱至上论者，把它看得那么珍重。

不懂得说懂得，是现代处世唯一的吹牛要诀，未读过经济学ABC的侈谈马克思《资本论》，不是顶出风头的人吗？五千年前孔先生的说话居然还会引用，可见你头脑陈腐。

因为你不喜欢恭维，我得恭维恭维你。你是娇小玲珑（这属于别人的批评）的富家小姐，性情既温良，人又聪明又有才干，因此不必失望，更不用痛哭流涕了。"心跳"两字非我妄造，因曾听你说起过，为着鲣生某次的一封信。

情书我本来不懂，后来知道凡是男人写给女人或女人写给男人的信（除了父母子女间外），统称情书，这条是《辞源》上应当补入的，免得堂堂大学生连这两字也不懂。

阮玲玉之死，足下倘毫不动心，何必辱蒙提起？她死后弟曾为她痛哭七昼夜。

假如我说，我因为知道你不喜欢恭维，而故意和你反对，借为反面讨好的手段，你将作如何感想呢？

郑天然只送过我一张画片，如果我是女人，当然非吃醋不可。

咳嗽了几天，昨天真的病了，幸而没有死，今天仍照常办公，虽然不很写意。

愿你好。

朱朱

明明是我写给你的信，却要自解为X写给Y，未免有点"Ah Q-ish"[阿Q式精神]，假如不作那样想，你会怎样生气呢，请教?

我眷恋着唯一的你

第一，我不能承认半生不熟即是中庸之道，中庸之道完全是经验，是成熟，懂得中庸之道的，都是处世已达到炉火纯青，熟透了的程度，而半生不熟则是涉世未深者的本色，所谓半生者，仅别于全然的乳臭而言。

其次，中国文化得以保存至今，完全是侥幸，从前未和西洋文化接触，因为一切天然的优势，邻近各民族都成为文化上的附庸，但西方势力一进来之后，不是就显出了岌岌可危的形势了吗？

如果你一定要让，那么我让你去让吧。

来不来要探询别人的意见，岂不无谓！高兴便来，不高兴便不来，何必管别人愿不愿。要是你来了，不是因为你乐意来看我，不过因为我希望你来的缘故，借着感情的关系硬拉人家作一次非本心的探望，有甚么快活呢？▭

你当然是很好的，否则我怎会爱你？至少你是如此中我的意，使我不再希望有一个比你更好的人。你以为我这话是不是诚实的？我告诉你是的，我眷恋着唯一的你。

我不愿意你来，因为我看见女人很难为情。

我咬你的臂膊

清如：

昨夜又受了一夜难，今天头颈的两侧肿了起来，仍然没有死。

因为放假，在房间里躲了一天，看皇家电影画报，即使是电影杂志，英国人出的也要比美国人出的文章漂亮得多。比如说《卡尔门要不要剃掉他的小胡子》这一个卑琐的题目，也会写得颇生动。

似乎我很好辩，昨夜醒着时，专在想辩驳你的话，我想你说的"没有恋爱经验的人决不会心跳"这句话确实是异样重大的错误，很简单地反问你一句，那么富有恋爱经验的人反而会心跳吗？从未上过战场的人不会心跳，久历战场的人反会心跳吗？恋爱经验和心跳的程度是成反比例的。我告诉你，越未曾恋爱过的心越跳得厉害，它会从胸脯中一直跳出口里，因此有许多人一来便要说我爱你。固然就是我爱你也得加以审判，有的人不过是别有企图，或者不负责任地随便说说，但这些人的我爱你是空气经过嘴唇的颤动而发出的声音，并不是直接由心里跳出来的。

再论客气问题，我以为客气固然是文明社会所少不来的工具，然而客气也者，不过是礼貌上的虚伪，和实际的谦逊并不是一件东西，凡面子上越客气，骨子里越不客气，这是文明人的典型，倘使是坦率地显露自己的无能，那在古人是美德，在现代人看来是乡曲了。即孔子也说过"当仁不让"的话，因为时代的进展，目今是"当不仁亦不让"，不看见列强的竞扩军备吗？要是日本自忖蕞尔小国，不足临大敌，那么帝国的光荣何在？皇军的光荣何在？你如果还要服膺先圣之遗言，那么无疑要失去东四省的。这引申得太远了。

朋友以切磋琢磨为贵，敢以区区之意，与仁弟一商酌之。

关于半生不熟的问题，也曾作过严密的论辩，因为构思太复杂，此刻有些记不起来，暂时原谅我，因为生病的缘故。

┌──────┐
└──────┘

我咬你的臂膊（这是钟协良的野蛮习惯之一，表示永远要好的意思，当然也是很classic[经典]，很poetic[诗意]的）。

关于半生不熟的思想问题，我的论辩如下：

我知道你不单恋爱缺少经验，就是吃东西也缺少经验，否则不会说出半生不熟的东西人家最爱吃的话来，至少一般人和你并无同嗜。固然煮鸡要煮得嫩，但煮得嫩不就是半生不熟，最好是恰到火候，熟而不过于熟，过于熟便会老，会枯，会焦。所谓过犹不及，过即是太老，不及即是半生不熟。同样所谓思想上的调和、折衷、妥协等等，固然革命的青年们是绝对应该唾弃的，但在处世上仍然有很大的用处。调和、折衷、妥协的人都可以说是你所谓的聪明人，然而你要明白，调和、折衷、妥协并不就是半生不熟，前者完全是政策关系，或阳在此而阴就彼，或阴在此而阳就彼，运用得十分圆滑，便能两面讨好。然而半生不熟是思想的本身问题，在个人方面会使自己彷徨无出路，在应付环境一方面恰恰是两面皆不讨好。后者可以胡适之为例子，前者可以阮玲玉为例子。胡适之在以前是新思想的领袖人物，为旧人所痛恨，为新人所拥戴，总算讨好了一面；而今呢，老头子憎恶他仍旧，青年们骂他落伍，便是因为思想上不能与时俱进，成为半生不熟的缘故。阮玲玉的死，是死在社会的半生不熟和自己个人的半生不熟两重迫害之下。何以谓这社会是半生不熟的？可以从活的时候逼她死，死了之后再奉她为圣母一样的事实见之。要是在完全守旧的社会里，这样一个优伶下贱，又不能从一而终，没有一个人敢会公然说她好话的；在更新的时代里，那么，第一，她不会自杀；第二，即使自杀了，社会对她的死也只有冷静的批判，而不是发疯的狂热。这种畸形的现象，当然是半生不熟的社会里才会有，然而要适应这种半生不熟的社会，却应当用调和、折衷、妥协的手段，要是再以自己的半生不熟碰上去，鲜有不危哉殆矣的。何以谓阮玲玉自己是半生不熟的？我们知道她是个未受充分教育，骨子里尚承袭着旧社会中一切女子的弱点，因此是怯懦、胆小、做事不决裂、要面子，其实和第一个男子离开了以后很可以独立了，而仍然要依附于另一个铜臭之夫的怀中；同时她却比普通女子多一些人生的经验，多有在社会上活动的机会，对于妇女的本身问题不无自觉，然而她不够做一个新女性（当然怎样算是新女性是谁都模糊的，这名词不过喊喊罢了，如其说单单进工厂去做女工便成为新女性了，更是简单得有些笑话），因为她没有勇气，没有勇气的原因是自己心理上半生不熟的矛盾。因为一死表明心迹很近乎古烈士的行为，便激起了多情人们的悼惜，其实是多么孩子气得可笑啊。

这样的说法已和我本来批评你的半生不熟的原意有些出入了，但也可以当作引申，你不为你自己辩护而为半生不熟辩护，这也是失着，我不知道你究竟是不是半生不熟？

我愿意做梦和你打架儿

其实老早倦得想睡了，可是到底发了那么半天呆。

我说，我不高兴写信了，因为写不出话来。可惜我不是未来派画家，否则把一块红的一块绿的颜色在白纸上涂涂，也好象征象征心境。

总之是一种无以名之的寂寞，一种无事可做，即有事而不想做，一切都懒，然而又不能懒到忘怀一切，心里什么都不想，而总在想着些不知道什么的什么，那样的寂寞。不是嫠妇守空房的那种寂寞，因为她们的夫君是会在梦中归来的；也不是游子他乡的寂寞，因为他们的心是在故乡生了根的；也不是无家飘零的寂寞，因为他们的生命如浮萍，而我的生命如止水；也不是死了爱人的寂寞，因为他们的心已伴着逝者而长眠了，而我的则患着失眠症；更不是英雄失志，世无知己的寂寞，因为我知道我是无用的。是所谓彷徨吧？无聊是它的名字。

吴梦窗的词，如果稍为挑几首读读的确精妙卓绝，但连读了十来首之后不由你不打呵欠，太吃力。

没有好杂志看好电影看也真是苦事，我一点不想看西席地米尔的《十字军英雄记》，左右不过又是一部大而无当的历史影片。我在盼望着董纳倾全力摄制的莎士比亚《仲夏夜之梦》，卓别林的新作，嘉宝的*Anna Karenina*[《安娜·卡列尼娜》]，和自然色试验作的Becky Sharp[1]。上海不大容易看到欧洲大陆的影片，就是英国的作品也不多，从德国意国来的极少几部，都是宣传的东西，我很希望看一些法国的名制。

有点要伤风的样子，老打喷嚏。

傻瓜，我爱你。

1　蓓基·夏泼，英国作家萨克雷《名利场》改编影片的女主人公。

想你想得我口渴，因此我喝开水；想得我肚皮饿了，alas[1]，无东西吃。我愿意做梦和你打架儿，把你吃扁得喊爹爹，我顶希望看你哭。

心里不满足。祝你好。

小三麻子

---

1 英文感叹词，相当于"唉"。

愿撒旦保佑你

小姐：

　　样样事情都不如意，这蹩脚钢笔尖又那么不好写，一个月不知要用多少笔尖。一跑进门，孩子又把我的胶水瓶弄过了，桌子上满是胶水，狠狠地把那已被弄空了的胶水瓶掼碎了。我从来不曾喜欢过孩子，这两个孩子尤其讨厌。总之我像一头受伤的狗，今天的薪水失了望，把剩余的三十几个铜板寄出了这封信，连买糖也买不成了。因此你想你这人好不好，昨天还要寄一封欠资信来，剥削去我财产的一半！如果其中说的是我爱你一类的肉麻话，那么或者明天我还可以整天躺在床上做些粉红色的梦，好像真有了一个爱人的样子；毕竟现实是惨酷的，你寄给我的只是一些鬼脸！这象征了人间无爱情，只有一些鬼脸，因此我终将看着鬼脸过此一生了。

把这信寄出之后，预备就做工，明天要做整天的工，晚上想早点睡，使精力充足一些，后天钱到手，便到外头去吃夜饭看影戏，自己请客，到十点钟回家。想想看多惨，一星期做了六十点钟工，把整个的人都做昏了！

可是顶惨的是连半个安慰安慰心灵的爱人都没有，因此要写信也不得不仍旧写给你，虽你是那么不好。

你会不会为我的不幸而落泪呢？愿撒旦保佑你！一个吻。

堂·吉诃德　星期六

我梦见你做新娘

有一夜，我梦见你做新娘，你猜我送你什么礼物？我送给你一条大鳗鲡（写了这两个字才觉得这东西确实有一个很好的名字，你瞧，除去了鱼旁不便是一个漂亮的洋化的女人名字）。本来我很高兴地赶来吃喜酒，以为你会接待我，然而你哪里有工夫，一句话都不曾对我讲。我很懊恼此行，身上的一件长衫背后又破了一个洞，怕被人见笑，于是一个人上三层楼看火烧去。醒来尚有些悲哀。

吉诃德先生已看了八分之六（六百页），第二部较第一部写得好。昨天看了两本小书，《日本近代小品文选》和《夏目漱石集》。所谓《夏目漱石集》实际只有一篇《哥儿》（已看过了的），一篇《伦敦塔》，和一篇序跋文。可看的也就是那篇《哥儿》而已，因此把它重看了一遍。

下星期日是一定要家里去走走了，这星期日不预备出去。我已定下紧缩政策二十条，今后每月零用只准用十五块钱（连书籍及日用必须的在内）。

我非常绝望而苦恼。

愿你好。

雨

无尽的离思呵

弟弟：

　　《江苏教育》是江苏省政府教育厅出版的。

　　今天发薪水，买了一块钱邮票，一本信笺，一札信封。跑书店的结果，只买了两角钱一本薄薄的《六艺》，这是现代派作家们继《文艺风景》、《文艺画报》、《文饭小品》诸夭折刊物之后的又一个花样儿，编制和文艺画报相同。据我所知道他们本来是预备把《现代》复活的，后来仍改出这个杂拌儿的"综合性刊物"，包括文学绘画戏剧电影等东西。施蛰存现在是不声不响着标点国学珍本丛书，起劲干着的，还是叶灵凤穆时英刘呐鸥诸公子，《晨报》（被封禁后现改名《诚报》发行，尚未见过）的《晨曦》便是他们的地盘，常和生活书店一批人寻相骂。

《六艺》等我加批后寄给你看。

在读Lawrence[劳伦斯]的*Sons and Lovers*[《儿子与情人》]，如题目所表示，其中所写的是母爱与情人爱的冲突。Lawrence是写实主义的尖端的作家，完全着重于心理分析（再进一步就要钻进牛角尖里去了），而不注意故事，这本书较之去年所读的他的*Lady Chatterley's Lover*[《查泰莱夫人的情人》]（据说是外国《金瓶梅》）要好些，因为后者除了几乎给人压抑感的过量的性行为描写外，很干燥而无味，但这本*Sons and Lovers*的各个人物的性格剖析，都极精细而生动。

我想不出老读小说有什么意思，但是读什么好呢？

有时我真忙得分不出身来，又想写信，又想作些活，又想看书，又想闭了眼睛沉思，又想在夜之街上徘徊。最是黄昏的时候，最想你得厉害，要是此刻能赶来和你默默相对半点钟而作别，我情愿放弃一切所要做的事。

　　无尽的离思呵！祝你好！

弟弟

　　我猜想你近来比较很沉默。

世上没有比你更可恨的人

老弟：

昨夜我简直想怨命，开始是因为今天明天有两天假放，日子无法过去，后来是怨恨你，我说我一定要变成恶鬼和你缠绕，世上没有比你更可恨的人。

顶不好的就是那种说着不确定的话的人，今天任小鬼说"或许"来看我，你想我能欢迎他吗？既不决定，对我说什么，自然啦我不能出去，因为一出去他来了，那是我的不好；然而不出去他不来，他却不负责任，还有比这种更不公平的事吗？你也哄过我不少次了。其实你决不会来看我的，何必说那种来看你不来看你的话呢。不给人希望也不给人失望，这是fair play[公平办事]，给了人希望再叫人失望，这不是明明作弄人？总之是太少诚意，今后我先预答你一句："我永不愿你来看我"，这样可以免得你找寻别的理由。

脸孔简直不像人，我也实实在在怕得看见人，让大家忘了我，我也忘了大家吧，讨厌的还要回到家里去。只有寂寞最自由。

你说过你希望将来，因此我希望你将来能到我坟墓上看我。

什么都欺负人，二三十家电影院连一张好片子都没有，日子怎么过去！啊啊。

永远爱你，尽管你那样不好。

朱　廿九

看宋清如甜甜地睡觉

我想要在茅亭里看雨、假山边看蚂蚁，看蝴蝶恋爱，看蜘蛛结网，看水，看船，看云，看瀑布，看宋清如甜甜地睡觉。

我觉得我已跟残废的人差不多了，五官（想来想去只有四官，眼耳口鼻之外还有那一官不如是简任官还是特任官）都已毁损，眼睛的近视在深起来，鼻子的左孔常出鼻血，左耳里面近来就睡时总要像风车一样哄隆哄隆搁一阵，嘴里牙齿又有毛病，真是。

一切兴味索然，活下去全无指望，横竖顶多也不过再有十年好活，我真不想好好儿做人，恨起来简直想把自己狠狠地糟蹋一阵。

祝福那些不懂得相思的人

宋:

你真可怜，闹了两年的到北平去，到现在还决定不下来。我贡献你四条路:

一、不转学，留在之江，免得投考等麻烦。

二、转学近处，南京、上海，或索性苏州，好常常见母亲。但苏州你已住久，上海我不劝你，南京也没甚大意思。

三、转学远处，北平、青岛、武汉、广州……一样走远路，当然如你原来的理想，北平去最好。

四、停学一年，作一次远程旅行，几次小旅行，余下时间，在家读书休息，养得胖胖后再上学。

如果转学，不要抱但求换换空气的思想，无论如何要拣比较好一点的学校，如果进和之江差不多或不如的地方，那很不上算，还是留着不走的好。

好人以为如何？

热天真使人懒，坐在office[办公室]里，眼睛只是闭上来。想像着在一个绿荫深深的院内，四周窗子上幔着碧色的湘帘，在舒适的卧榻之上，听着细细的鸟声，睡了又醒醒了又睡的生活着。但无论如何，初夏的黄昏是可爱的。在之江，此刻也是顶美丽的时刻了。但这样的时间也只能在忆念里过去，心里很有点怨。祝福那些不懂得相思的人，至于我，则愿意永远想念着你。我，永是那么寂寞的。

还有的话，留着以后说。祝快乐。

朱

你有没有老些了？

　　昨夜我真的梦见了你，我们都还在之江山上。你对我的态度冷得很，见了我常常不理我。后来在茅亭那边我看见你，你坐在小儿车里，说要回家去。我自告奋勇推着小儿车下山，可是推来推去推了半天还不曾下得山，却推到我自己的房间里来了。你很恼，我很抱歉。我于是把满房间的花盆都搬开，撬起一块楼板来，说从这里下去一定可以下山。可是你嘟着小嘴唇走了，我的心也扑的一声碎了。

　　星期日，如果我此地在八点半出发，十一时许可以到常熟，你还不忙就上学校去吧？

伤风有没有好？日子过得太慢，你有没有老些了？我真想疼疼你。

罗马教皇　廿一

让我们永远维持着我们平淡的友谊啊

Darling Boy[亲爱的孩子]:

千言万语，不知从何处说起。第一你说我是不是个好孩子，一到上海，连两三钟点都不放弃，寓所也没去，就坐在办公室里了。这简直不像是从前爱好逃学旷课的我了，是不是？事实是，下车时一点钟，因为车站离家太远，天又在临下阵头雨之际，便在北四川路广东店里吃了饭并躲雨，且吃冰淇淋。雨下个不停，很心焦，看看稍小些，便叫黄包车回家。可是路上又大落特落起来，车篷遮不住迎面的雨，把手帕覆在脸上，房屋树街道都在一片白濛濛中过去，像一个小孩子似的，衷心地感到喜悦（这是因为我与雨极有缘分的缘故，我做的诗中不常说雨？）。本来在汽车中我一路像受着极大的委屈似的，几回滴下泪来，可是一到上海，心里想着毕竟你是待我好的，这次来游也似乎很快乐，便十分高兴起来。——车过了书局门口，忽然转计想就在这里停下吧，因此就停下了。

为着礼貌的缘故，但同时也确是出于衷心的，容我先道谢你们的招待。你家里的人都好，我想你母亲一定非常好，你的弟弟给我的直接印象，比之你以前来信中所说及的所给我的印象好得多。

唉，我先说什么呢？我预备在此信中把此时的感想，当时欲向你说而没有机会，因当着别人而讲不出来的话，实际还无宁是当时的未形成语言的思想，以及一切一切，都一起写下来。明明见了面而不说话，一定要分手之后，再像个健谈者似的絮絮叨叨起来，自然有些反乎常情，然而有什么办法呢，我一点不会说话！你对别人有许多话说，对我又说不出什么话来，又有甚么办法呢？横竖我们会少离多，上帝（魔鬼也好）要是允许给我一支生花的笔，比之单会说话不会动笔也许确要好得多，无如我的笔并不能达出我所有的感情思想来何？但无论如何，靠着我们这两张嘴决不能使我们谅解而成为朋友，然则能有今日这一天，我能在你宝贵的心中占着一个位置（即使是怎样卑微的都好），这支笔岂不该值千万个吻？我真想把从前写过给你的信的旧笔尖都宝藏起来，我知道每一个用过的笔尖都曾为我做过如此无价的服务。

最初，我想放在信的发端上说的，是说你借给我的不是二块钱而是十块钱，这一回事是绝大的错误，当我一发现这，我简直有些生气，我想一回到上海之后，便立刻把我所不需要的八块钱寄还给你，说这种方面的你的好意非我所乐意接受，那只能使我感到卑辱。如果我所需要的是要那么多，为什么我不能便向你告借那么多呢？如果我不需要那么多，你给我不需要的东西做甚么呢？……如果我这样，你会不会嫌我作意乖僻？我想我总不该反而嫌怪起你的好意（即使这样的好意我不欢迎）来而使你懊恼，因此将暂时保存着尽力不把它动用（虽然饭店里已兑碎了一块，那我想像是你请我的客，因此吃得很有味），以后尽早还你。本来这月的用途已细心计划好，因为这次突然的决心，又不知道车费竟是那么贵，所以短绌了些，但除非必要，我总不愿欠人家一块钱，即使（尤其）是最好的朋友；这个"好"脾气愿你了解我。你要不要知道此刻我所有的全部财产？自从父亲死了之后，家里当然绝没有什么收入，祖产是有限得可怜，仅有一所不算小的房子，一部分自居，一部分分租给三家人家和一爿油行。但因地僻租不起钱，一年统共也不过三百来块钱，全部充作家中伙食和祭祀之用，我们弟兄们都是绝不动用分文的。母亲的千把块钱私蓄，一直维持我从中学到大学，到毕业为止计用空了百把块钱；兄弟的求学则赖着应归他承袭的叔祖名下一注小小的遗产。此刻我已不欠债，有二百几十块钱积蓄，由表姐执管着，我知道自己绝对用不着这些钱，不过作为交代而已。如果兄弟读书的钱不足时可以补济补济，自己则全然把它看作不是自己的钱一样。除了这，那么此刻公司方面欠我稿费百元，月薪四十三元，我欠房饭钱未付的十二元，此外别人借我去的约五六十元，我不希望他们还了。这些都不算，则我此刻有现金$7.25，欠宋清如名下$10.00，计全部财产为-$2.75。你想我是不是个Unpractical[不实际的]的人？

话一离题，便分开了心，莫名其妙地说了这些不相干的话。我说，这回到常熟来我很有点感到寂寞，最颓丧的是令弟同我上茶馆去坐的那我也不知多少时候，那时我真是literally[不夸张地]一言不发（希望他原谅我性子的怪僻），坐着怨恨着时间的浪费。昨晚你们的谈天，我一部分听着，一部分因为讲的全是我所不知道的人们，又不全听得明白，即使听着也不能发生兴趣，因此听见的只是声音而不是言语，很使我奇怪人们会有这么多的nonsense[无意义的事]，爱谈这个人那个人的平凡琐事。但无论如何，自己难得插身在这一种环境里，确也感到有些魅力，因为虽然我不能感到和你心灵上的交流，如同仅是两人在一起时所感到的那样，但我还能在神秘的夜色中瞻望你的姿态，聆听你的笑语，虽然有时不知道你在说些什么，但我以得听见你的声音为满足，因为如果音乐是比诗更好，那么声音确实比言语更好。也许你所说的是全无意思的话，但你的语声可以在我的心上绘出你的神态来。半悲半喜的心情，觉得去睡觉是一件很不情愿的事，因为那时自己所能感觉到摸触到的，就只有自己的饥渴的寂寞的灵魂了。After[然后]怨恨自己不身为女人（为着你的缘故，我宁愿作如此的牺牲，自己一向而且仍然是有些看不起女人的），因为异性的朋友是如此之不痛快多拘束，尽管在不见面时在想像中忘记了你是女人，我是男人，纯情地在无垢的友情中亲密地共哭共笑，称呼着亲爱的名字，然而会面之后，你便立刻变成了宋小姐，我便立刻变成了朱先生，我们中间不能不守着若干的距离，这种全然是魔鬼的工作。当初造了亚当又造夏娃的家伙，除了魔鬼没有第二个人，因为作这样恶作剧的，决不能称为上帝。——之后，我便想：人们的饥渴是存在于他们的灵魂内里，而引起这种饥渴来，使人们明白地感到苦恼，otherwise hidden and unfelt[除此之外隐蔽而未感知的]的，是所谓幸福，凡幸福没有终极的止境，因此幸福愈大，则饥渴愈苦。因是我在心里说，清如，因为我是如此深爱你，所以让我们（我宁愿）永远维持着我们平淡的友谊啊！

撇开这些傻话，我觉得常熟和你的家虽然我只是初到，却一点也没有陌生之感，当前天在车中向常熟前行的时候，我怀着雀跃的似被解放了的一颗心，那么好奇地注意地凝望着一路上的景色，虽然是老一样的绿的田畴，白的云，却发呆似的头也不转地看着看着，一路上乡人们的天真的惊奇，尤其使我快活得感动。在某站停车时一个老妇向车内的人那么有趣地注视着时，我真不能不对她beam a smile[微笑]；那天的司机者是一个粗俗的滑稽的家伙，嘴巴天生的合不拢来，因为牙齿太长的缘故，从侧面望去，真"美"。他在上海站未出发之前好多次学着常熟口音说，"耐伲到常熟"，口中每每要发出"×那娘"的骂人话，不论是招呼一个人，或抱怨着过站停车的麻烦时。他说，"过一站停三分钟，过十几站便要去了半个钟点"。其实停车停得久一些的站头自然也有，但普通都只停一分钟许，没有人上下的，不停的也有。因此他的话有点moderately exaggerated[适度的夸张]，总之是一个可爱的东西，当时我觉得。过站的时候，有些挥红绿旗的人因为没有经验，很有些手足无措的样子，而且所有的人都有些悠闲而宽和的态度，说话与行动都很文雅，一个人同着小孩下车，小孩应该买半票的，却没有买，收票的除了很有礼地说一声要买半票之外，也就一声不响地让他走了。有两站司机人提醒了才晓得收票，某次一个乡妇下车后扬长而去，问那土头土脑的收票者，他说那妇人他认识的。最可笑的是一个乡下人，汗流浃背，手中拿着几张红绿钞票，气急匆忙地奔上车子，开到半路，忽然他在窗外看见了熟人，车子疾驶的时候，他发疯似向窗外喊着，连忙要求司机人把车子停下开开放他下车，吃了几句臭骂，便飞奔出去了，那张车票所花的冤钱，可有些替他肉痛，——这一切我全觉得有趣。可是唯一使我快活的是想着将要看见你。我对自己说，我要在下车后看见你时双手拉住你，端详着你的"怪脸"，喊你做宝宝，虽然明知道我不会那样的；当然仍带着些忧虑，因为不知道你身体是否健爽。实在，如果不是星期六接到你的信，知道你又在受着无情的磨折，也许我不会如此急于看你，为着钱的问题要把时间捺后一些；而且你说过你要来车站候我，我怎么肯使你扑空呢？

车子过了太仓之后，有点焦躁而那个起来，直到了常熟附近的几个村站，那照眼的虞山和水色，使眼前突然添加了无限灵秀之气，那时我真是爱了你的故乡。到达之后，望车站四周走了一转，看不见你，有点着急，担心你病倒，直至看见了你（真的看见了你），well then[好啦]，我的喜乐当然是不可言说的，然而不自禁地timid[羞怯]起来。

回去就不同了，望了最后的一眼你，凄惶地上了车，两天来的寂寞都堆上心头，而快乐却全忘记了，我真觉得我死了，车窗外的千篇一律的风景使我头大（其实即使是美的风景也不能引起我的赞叹了）。我只低头发着痴。车内人多很挤，而且一切使我发恼。初上车时，还有一个漂亮的少女（洋囡囡式的），她不久下车，此后除了一个个儿高的清秀的少年之外，一车子都是蠢货商人市侩之流。一个有病的司机人搭着我们这辆车到上海，先就有点恶心。不久上来了一个三家村学究四家店朝奉式的人，因为忙着在人缝里轧坐位，在车子颠簸中浑身跌在一个女人的身上，这还不过令人笑笑（虽然有些恶心）而已，其后他总是自鸣得意地遇事大呼小叫，也不管别人睬不睬他，真令人不耐。在我旁边那个人，打瞌铳常常靠压到我的身上，也惹气得很。后来有几个老妇人上来，我立起身让了座，那个高个儿少年也立起，但其余的那些年轻力壮的男人们，却只望着看看，把身体坐得更稳些。我简直愤慨起来，而要骂中国人毫无规矩，其实这不是规矩，只是一种正常的冲动。我以为让老弱坐，让贤长者坐，让美貌的女郎及可爱的小孩子坐，都是千该万该的。让贤长者坐是因为尊敬，让美貌的女郎坐是因为敬爱（我承认我好色，但与平常的所云好色有所不同。我以为美人总是世间的瑰宝，而真美的人，总是从灵魂里一直美到外表上，而灵魂美的人，外表未有不美者，即使不合机械的标准与世俗的准绳。若世俗所惊眩之美貌，一眼看去就知道浅薄庸俗的，我决不认之为美人），让小孩坐是因为爱怜，让老弱坐是因为怜悯。一个缠着小脚步履伶仃的乡曲妇人，自然不能令人生出好感，但见了她不能不起立，这是人类所以为人类的地方，但中国人有多数是自私得到那么卑劣的地步。这种自私，有人以为是个人主义，那是大谬不然。个人主义也许不好，但决不是自私，即使说是自私，也是强性的英雄式的自私，不是弱性的卑劣的自私，个人主义要求超利害的事物，自私只是顾全利害。中国没有个人主义，只有自私。

对于常熟的约略的概念，是和苏州相去不远，有闲生活和龌龊的小弄，崎岖的街道，都是我所不能惬意之点。但两地山水秀丽，吃食好，人物美慧（关于吃食，我要向你complain[抱怨]，你不该不预备一点好吃的东西给我吃，甚至于不好吃的东西也不给我吃，今天早晨令弟同我出去吃的鸭面，我觉得并不好吃，而且因为分量太多，吃不下，只吃了二分之一；至于公园中的菱，那么你知道，嘉兴唯一的特产，便是菱了，这种平庸的是不足与比的，虽然我也太难得吃故乡的菱了。买回的藕，陆师母大表满意，连称便宜，可是岂有此理的是她也不给我吃。实在心里气愤不过，想来想去想要恨你），都是可以称美的地方。如果两地中我更爱常熟，那理由当然你明白，因为常熟产生了你。

常熟和吾乡比起来，自然更是个人文之区，以诗人而论，嘉兴只有个朱竹垞（冒一个"我家"）可以和你们的钱牧斋一较旗鼓，但此外便无人了。就是至今你到吾乡去，除了几个垂垂老者外，很难找出一打半风雅的人来，嘉兴报纸副刊的编辑，大概是属于商人阶级的人或浅薄少年之流，名士一名词在嘉兴完全是绝响的。子弟们出外读书，大多是读工程化学或者无线电什么之类，读文学是很奇怪的。确实的，嘉兴学生的国文程度，皆不过尔尔的多，因为书香人家不甚多，有的亦已衰微，或者改业从商了。常熟也许士流阶级比商人阶级更占势力，嘉兴则全是商人的社会，因此也许精神方面要比前者整饬一点，略为刻苦勤勉一点。此外则因为同属于吴语区域，一切风俗都没有什么两样。

　　要是我死了，好友，请你亲手替我写一墓铭，因为我只爱你的那一手"孩子字"，不要写在什么碑版上，请写在你的心上，"这里安眠着一个古怪的孤独的孩子"，你肯吗？我完全不企求"不朽"，不朽是最寂寞的一回事，古今来一定有多少天才，埋没而名不彰的，然而他们远较得到荣誉的天才们为幸福，因为人死了，名也没了，一切似同一个梦，完全不曾存在，但一个成功的天才的功绩作品，却牵萦着后世人的心。试想，一个大诗人知道他的作品后代一定有人能十分了解它，也许远过于同时代的人，如果和他生在同时，一定会成为最好的朋友，但是时间把他们隔离得远远的，创作者竟不能知道他的知音是否将会存在，不能想像那将是一个何等相貌性格的人，无法以心灵的合调获取慰勉，这在天才者不能不认为抱恨终天的事，尤其如果终其生得不到人了解，等死后才受人崇拜，而那被崇拜者已与虫蚁无异了，他怎还能享受那种崇拜呢？与其把心血所寄的作品孤凄凄地寄托于渺茫中的知音，何如不作之为愈呢？在天才的了解者看来呢，那么那天才是一个无上的朋友，能传达出他所不能宣述的隐绪，但是他永远不能在残余的遗迹以外去认识，去更深切地同情他，他对于那无上的朋友，仅能在有限范围内作着不完全的仰望，这缺陷也是终古难补的吧？而且，他还如一个绝望的恋人一样，他的爱情是永远不会被她知道的。

说着这样一段话，我并不欲自拟为天才（实在天才要比平常人可怜得多），但觉得一个人如幸而能逢到一个倾心相交的友人，这友人实比全世界可贵得多；自己所存留的忆念，随着保有这些忆念的友人的生命而俱终，也要比"不朽"有意思些。我不知道我们中谁将先谁而死，但无论谁先死总使我不快活，要是我先死的话，那么我将失去可宝贵的与你同在的时间之一段。要是你先死的话，那么我将独自孤零地在忆念中度着无可奈何的岁月。如果我有希望，那么我希望我们不死在同一空间，只死在同一时间。

话越说越傻了，我不免很有些sentimental，请原谅我。这信是不是我所写给你中的最长的？然而还是有许多曾想起而遗落了的思想。

在你到杭州之前，我无论如何还希望见你一面。愿你快快痊好，我真不能设想，你要忍受这许多痛苦与麻烦。

无限热烈的思念。盼你的信息。

朱朱　廿六夜

你们称第三身"他"为gay，很使我感到兴味，大约是"佢、渠"音之转。

我所以拙于说话的原因，第一是因为本来懒说话，觉得什么话都没有意思，别人都那样说我可不高兴说。第二是因为脑中的话只有些文句，说出来时要把它们翻成口语就费许多周章，有时简直不可能。第三我并不缺少sense of humor[幽默感]，也许比别人要丰富得多，但缺少ready wit[快捷的机智]，人家给我讲某事的时候，有时猝然不知所答，只能应着唯唯，等到想出话说来时，已经用不着说了，就是关于常识方面的也是如此，陆先生曾问起我最近从飞机上坠下来跌死的滑稽电影明星Will Rogens[1]的作风如何，到过上海有什么片子，一下子我只能说他善于描述人情世故，以乡曲似的形式出现银幕上，作品一时记不起名字来，我还不曾看过他的片子。等到想要补充着说他是

1　威尔·罗杰斯，美国幽默作家、电影演员。

美国电影中别树一派的幽默家，富于冷隽的趣味，为美国人最爱戴的红星之一，但在中国却颇受冷落，他的作品较近而成功的有*Handy Andy*（人生观）、*Judge Priest*[1]（中译名不详）等等，凡我的"渊博"的头脑中所有的关于这位我并未与谋一面的影星的智识时，这场谈话早已结束了。——此外，我纵声唱歌时声音很高亮，但说话时却低沉得甚于听不大清楚。姑母说我讲起话来蚊子叫，可是一唱起歌来这股劲儿又不知从那里来的，我读英文也能读得很漂亮，但说绝对不行。大概在说话技术一方面太少训练。每年中估计起来成天不说话的约有一百天，每天说不上十句话的约有二百天。说话最多的日子，大概不至于过三十句。

虽然再想不出什么话来，可是提着笔仍旧恋恋着不肯放下来，休息吧，笔！快一点钟了。此刻你正在梦中吧，知道不知道，或者想得起想不起我在写着写着？你那里雨下得大不大？如果天凉了，仔细受寒。

☐快两点钟哩，你睡得好好儿的吗？我可简直

1　影片名，中文译名为《普里斯特法官》。

的不想睡。昨夜我从两点钟醒来后，安安静静的想着你，一直到看天发亮，今天又是汽车中颠了三个钟点，然而此刻兴奋得毫不感到疲乏，也许我的瘦是由于过度的兴奋所致，我简直不能把自己的精神松懈片刻，心里不是想这样就是想那样，永远不得安闲，一闲下来便是寂寞得要命。逢到星期日没事做，遂我的心意，非得连看三场电影不可。因此叫我在茶馆里对着一壶茶坐上十五分钟，简直是痛苦。喝茶宁可喝咖啡，茶那样带着苦意的味道，一定要东方文明论者才能鉴赏，要我细细的品，完全品不出什么来，也许觉得白开水倒好吃些。我有好多地方真完全不是中国人，我所嗜好的也全是外国的东西，于今已一年多不磨墨了，在思想上和传统的中国思想完全相反，因为受英国文学的浸润较多，趣味是比较上英国式的，至于国粹的东西无论是京戏胡琴国画国术等一律厌弃，虽然有时曾翻过线装书（那也只限于诗赋之类），但于今绝对不要看这些，非孔孟，厌汉字，真有愿意把中国文化摧枯拉朽地完全推翻的倾向，在艺术方面，音乐戏剧的幼稚不用说，看中国画宁可看西洋画有趣味得多，至于拓几笔墨作兰花竹叶自命神韵的，真欲嗤之以鼻，写字可以与绘画同成为姐妹艺术，我尤其莫名其妙。这些思想或者有些太偏激，但目睹今日之复古运动与开倒车，不能不对于这被诩为五千年的古文化表示反对。让外国人去赞美中国文化，这是不错的，因为中国文化有时确还可以补救他们之敝，但以中国人而嫌这种已腐化了的中国文化还不够普及而需待提倡，就有些夜郎自大得丧心病狂了。我想不说下去了，已经又讲到文化的大问题，而这些话也还是我的老生常谈，卑卑无甚高论。你妈来了没有？妈来了你可以要她疼疼了，可是我两点半还不睡，谁来疼我呢？

第五章

我所凝望着的只是你

你想不出此刻我是多少快乐，快乐得想哭。

谁比我更幸福呢？比起你来，我也是要幸福得多，

因为我的朋友是一个天使，

而你的朋友只是一个傻小子。

我愿意永远作你的孩子

宋：

　　离放工还有半小时。星期三欠四页，星期四欠一页，今天做了十五页，一起拼命赶完了。只想给你写信，好像要把我的心我的脑子一起倒出掏空才痛快的样子，你厌不厌烦，笑不笑我呢？要是我能把我的灵魂封在信封内寄给你，交给你保管着（你爱顾他也好，冷丢他也好），那么让我这失去灵魂的形骸天天做着机械的工作，也不会感到任何难过了。我深觉得，我们的灵魂比形骸更要累赘烦重，否则它早已飞到天上去了。

昨夜做了个梦，可是再也记不起做些什么。要是我今夜坐了汽车来看你，你欢迎不欢迎我呢？横竖我已认识了路，我会悄悄地摸到你睡着的地方的。我希望你正酣睡着不看见我，我会静静地看守着你的睡眠，替你驱除恶梦，到了天将明，你未醒之时，我便轻轻地吻一下你的手，自个儿寂寞地回来。

像得了心爱的宝贝一样，这才接到了你的信。我愿意永远作你的孩子，要是你肯做我的母亲的话。今晚我已心安了，我许给我自己一个甜蜜的睡眠。

如果你母亲高兴见我，你为什么不留我多住一天呢？我回来之后，陆师母说我为什么这么要紧就回来，因为明天有假放。不过即使你留我，我也不想多住，因为衣服什么都没带来。

寻来寻去总寻不见你八月上半月给我的两封信，心里怪那个，你骂不骂我又丢了呢？如果要骂的话，请补写两封来，我一定好好藏着，再不丢了。你有些信写得实在有趣，使我越看越爱。要是你怪我不该爱你，那么使我爱你的实在是你自己，一切我不知道，你应该负全责。要是我为你而情死了，你当然也应该抵命的。

五块钱，给陆师母借去了，她也要向我借钱，可见紧缩之一斑。这星期底没得钱用，星期一发薪不知是否仍打折扣。但只要肚皮不饿（只是有得饭吃的意思，因为饿此刻就在饿），有得房子住，你待我好，什么都不在乎。我是个乐天者，我不高兴为物质问题发愁。

你想不出此刻我是多少快乐，快乐得想哭。谁比我更幸福呢？比起你来，我也是要幸福得多，因为我的朋友是一个天使，而你的朋友只是一个傻小子。

卅下午

我的心在辽远的他乡

好友：

昨夜我过了一个疯狂的月夜。

似乎躺在床上生病，一个疯医生走了进来（其实他一点不像是个医生，不过说明书——我的梦有说明书的——上这样写着，而且由Peter Lorre[1]——最近一张恐怖影片的主角，但我并不曾去看——扮演），把我连被褥一起卷起来挟在胁下，挟到另一间房间里。我想他以为我快死了，

---

1 彼得·洛，美国演员、导演、编剧。

所以把我送到太平间去。后来一阵昏愦中他出去了。有几个人跑进来，一看见我都吓得大叫起来，我很奇怪，照照镜子，我的脸平平常常，没有什么可怕的地方，转过头来一看，才见我的枕上有一个黑鬼的头。后来那个"疯医生"又要来了，我连忙去把门闩上，将身子抵住，他在外面尽力轰着，像牛一样喘着气，门不很牢固，我气力又不支，这情形很尴尬。可是月色非常好，他在外面唱起歌来了，唱的词句是英文，很短，只两三句，大意是：

月亮很亮，

我很寂寞，

我的心在辽远的他乡。

他唱了一遍，我也和了一遍，一唱一和了好多次。外头常有一些人走过，渔夫水手之类，他见了他们便说，"我有一个伙计，不肯跟我跑，请你们帮忙把他拖出来"。他们听见这话便回答，"你丢了他好了"。我把门微开觑了觑，他便冲了进来，跟我扭作一团，咬我抓我，我嘴里pooh pooh[1]地嘶喊着，于是醒了。

中秋的月不如晚秋的月，中秋的月太热闹，应该是属于天伦团聚的家庭或初恋的恋人们的，再过一两个月的月亮，才是我们的月，游子的月。因为昨天拿到了几块钱，今晚已答应自己去看一本好影片，《满城风雨》，照题目是应该在重阳节映的。

愿你珍重。

朱

1　英语象声词，意为"扑、扑"。

你不了解我，我伤心

清如：

真的是满城风雨，外面冷得令人发抖，雨不单是从天上落下来，还要从地面上刮起来，全身淋湿在雨中（伞当然是撑着的），风可以把你吹倒，真令人兴奋。回到斗室中，那么温暖！无月的中秋是可爱的。

——昨夜

今天大家嚷冷，有人夹袍戴草帽，有人夏布长衫内罩绒线背心，无奇不有。冷我是欢迎的（你当然也赞成），可是这一下太突然，多多珍重玉体吧。

秋是最可爱的季节，因为她是最清醒的季节，无论春夏冬，都能令人作睡眠的联想，惟秋是清醒的。

我怕一切人，我顶怕你，我可不怕我自己，我高兴的时候，我爱爱他，我不高兴的时候，我虐待虐待他，有时完全把他当做一个不相干的人，他发痴，他被你吃瘪，都不关我事。

昨夜又做梦，你不了解我，我伤心。滑稽总归是滑稽，了解这两字的意义我就不了解，我也从不想了解我，我也不曾了解你。

祝我的爱人好。

吃笔的家伙——今天

我准是个超等傻瓜

小鬼头儿：

我太不高兴写信给你，此刻不知你在跟谁讲些什么小姐经，而我却不知道是谁逼着我硬要写些什么，写信的对象偏偏一定要是我所最讨厌的人——你。要是写得好，能博你欢喜，叫我几声孩子，那么也许还可窝心窝心，骗骗自己说世上还有个人疼我。要是写得蹩一些，便要惹你发神经，把朱先生哩聪明哩佩服哩知己哩劳驾哩这些化装了的侮辱堆在我身上，想想真气不过。如果你是个头号傻瓜，我准是个超等傻瓜。

自己安慰自己这句话实在可怜得很，既然决心不受人怜，又何必对影自怜呢？要是我，宁愿自己把自己虐待的。

当心伤风。

此夕

要是你是个男人，你欢喜哪一种女子呢？要是我是个女子，我要跟很多男人要好，我顶欢喜那种好好先生，因为可以随便欺负他，"好人"是天生下来给人欺负的。

哥儿：

今天天气很好。不叫人兴奋也不叫人颓唐，不叫人思慕爱情也不叫人厌恨爱情，去外面跑，也不会疲劳，住在家里，也不会愁闷。今天写信，目的就是要说这两句话，多说了你又会厌烦我。

借了三本《行为主义的心理学》，希望能读得下去。

愿你乖。

次日下午

我每天躺在床上流着泪想你

我对于一切的意见，都脱不了"幼稚"两个字，想起来要脸孔红。

世上最傻不过的人就是母亲（这又是一个意见），要是我做女人生了一个儿子（或女儿），我一定不高兴爱他。

天晴使人不快活，因为又要烦闷。

你如肯做我干女儿，我一定把你掌上珠样看待，肯不肯呢？

今天早上跑出来，看见厂屋顶下半旗，想了一想，才知道今天是九一八。其实这种仪式也不过空感慨一下，毫无用处。

活着无趣味，一点点使自己满足的事都没有，而就此死了，又不能甘心。

想来想去只觉得你比我更可怜。

我每星期中星期日除外，总有两天很兴奋，两天很安静，其余两天，则怨天尤人。出太阳的日子心里常气闷，落雨天有时很难过，刮风则最快活。

我想我唯一要训练自己的，便是"如果世上没有你这样一个人，怎样我也能活下去"的方法，因为不然的话，我只好每天躺在床上流着泪想你，再不用想做事情了。

我很渴想着做一个幸福的梦，一个和你在一块儿亲爱地生活着的梦，然而无论在现实生活中或想像里，都不曾有过这种经验，因此我再没有得到这样一个梦的希望。

四年前的昨天，我送一个朋友回苏州去，四年前的前天，我们在满觉陇，但没有桂花，正如四年后的你一样起了落漠之感。四年前的明天午后，王守伟在都克堂大声疾呼，痛哭陈词，现在，不知他在活动些什么滑稽顽意儿。四年前，世界上还不曾有你，也可以说，还不曾有我。

我用生活的虔敬崇拜你

　　昨天，在附近的影戏院里看卓别林，觉得他大是一位诗人。米老鼠的卡通，颇有趣。

　　今天过得十分冤枉，我以为会得到你的信的，上午还是很高兴。

　　我想像有那么一天，清如，我们将遇到命定的更远更久长更无希望的离别，甚至于在还不曾见到最后的一面，说一声最后的珍重之前，你就走了，到不曾告诉我知道的一个地方去。你在外面得到新奇和幸福，我则在无变化的环境里维持一个碌碌无奇的地位。那时我相信我已成为一个基督教徒（因我不愿做和尚），度着清净的严肃的虔敬的清教徒的独身生活，不求露头角于世上，一切的朋友，也都已疏远了。终于有一天你厌倦归来，在欢迎你的人群里，有一个你几乎已不认识了的苍癯的面貌，眼睛，本来是干枯的，现在则发着欢喜的泪光，带着充满感情的沉默前来握你的手。你起始有些愕然，随即认识了我，我已因过度的欢喜而昏晕了。也许你那时已因人生的不可免而结了婚，有了孩子，但这些全无关系，当我醒来的时候，是有你在我的旁边。我告诉你，这许多年我用生活的虔敬崇拜你，一切的苦难，已因瞬间的愉快而消失了，我已看见你像从梦中醒来。于是我死去，于你眷旧的恋念和一个最后最大的灵魂安静的祝福里。我将从此继续生活着，在你的灵魂里，直至你也死去，那时我已没有再要求生存的理由了。一个可笑罗曼斯[1]的构想吗？

祝福！

朱　廿二下午

1　即浪漫。

如果世上只有你，多么好

看完了一本《我与文学》，读了一些Wordsworth[1]的诗，只是赶着一个一个字念下去，什么意味都茫然，一切寂寞得很。

研究文学这四个字很可笑，一切的文学理论也全是多事，我以为能和文学发生关系的，只有两种人，一种是创作者，一种是欣赏者，无所谓研究。没有生活经验，便没有作品，在大学里念文学史文学批评某国文学什么什么

---

1 华兹华斯，19世纪英国诗人。

作法之类的人，都是最没有希望的人，如果考据版本校勘错字或者营稗贩业于文坛之流的都足以称为文学者，或作家，那么莎士比亚、高尔基将称为什么呢？

因为你说过你对于风有好感的话，我希望你能熟读雪莱的《西风歌》，那不也是如同"听见我们自己的呼声"一样吗？

IV

If I were a dead leaf thou mightest bear;

If I were a swift cloud to fly with thee;

A wave to pant beneath thy power, and share

The impulse of thy strength, only less free

Than thou, oh uncontrollable! If even

1 were as in my boyhood, and could be

The comrade of thy wanderings over heaven,

As then, when to outstrip thy skiey speed

Scarce seemed a vision; I would never have striven

As thus with thee in prayer in my sore need,

Oh! Lift me as a wave, a leaf, a cloud!

I fall upon the thorns of life！I bleed！

A heavy weight of hours has chained and bowed

One too like thee：tameless，and swift，and proud.

若使我是片你能吹动的枯叶；

若使我是朵与你同飞的流云；

一丝在你威力下喘息着，分有

你浩然之气的波浪，只赶不上

你的自由，啊，不可拘束的大力！

甚至于若使我还在我的稚年，

能做你在天上漫游的侣伴，

以为能跑得比你在天上的

遨游还快；我决不会这样感到

痛切的需要，向你努力祷告：

吹我起来吧，像一丝浪，一片叶，一朵云！

我坠在人生的荆棘上！我流着血！

时光的重担锁住且压着一个

太像你的人：难训，轻捷，而骄傲。

（略改梁遇春译文）

因为要找一本书，在藤篮里拿出了那本*Modern Short Stories*[《现代短篇小说》]，这上面留着你可贵的手泽，有你给包上去的包书纸，其实当初我把它借给你时，应该叫你尽量地在它上面乱涂的，那现在翻起来，一定非常有意味。我以为书本子上确应该乱涂，这是一种很好的习惯，将来偶然翻看，足以引起会心的微笑。买一本新书送人，实在远不及把自己看过的旧书，上面留着自己的手迹的，送人来得更为多情。

当初在之江最后两天的恋别，印象太深刻了，至今追忆起来，还是摧人肺腑，眼睁睁看你去了，灵魂上留着一片空虚，人真像死了一样。实在我不能相信我们友谊的历史还只有三年许，似乎我每次见了你五分钟便别了你一百年似的。

如果世上什么人都没有，只有你，多么好。不，我说，世界如果只有平凉村那么大，那多么好。

叹叹气结束了这封信，我愿你好，因为你是无比的好。

Xzptqrsmnnrrs　9/24

梦里常常有你

Forget-me-not[毋忘我]

古昔一对男女

走到这桥上，

说："别忘记我！"

他们手中的蓝花，

无意跌进水中，

水边伤心地长起来的，

是蓝色的毋忘我了。

撷了它，

表示相思之情。

远离的人，

记得王维的诗吗？

"红豆生南国，

南国的秋天是这样愁思着了；

红豆子是顶相思的，

多多的采哪！

多多的采哪！"

南国的春天是一样寂寞的，

赠与你，

这一束毋忘我吧！

清如：

这样的诗，算不算得诗究竟？近来颇想作诗，然rhythm[韵律]的贫乏乃是生命中的根本问题，能做一个poetaster[蹩脚诗人]也只是由于你的感叹，故verse libre[自由诗]似更适宜于我。

你将要说"几天的假期，莫名其妙地过去了"。是不是？也许，"人有点疲乏"。

昨夜我是来到你的楼下叫你，叫法有点特别，我是这样叫着："宋！——清！——如如如！"楼上有人说快来了，你也答应我就下来，然而等着叫着，我却无可奈何地醒了，这样的调排人，悲哀得很。

忽然记起了许多近来做过的忘却的梦。昨夜也做过无数的梦，其中有一个是"激于正义"的梦，学校逮捕了两个学生，也许是为着"思想"上的问题，总之是非常无理由的。其中一个女同学已嫁人，怀着孕并且在生病，幽在一所古寺里。学校召集全体同学开会，征询全体对于他们的意见，布告上说，"将于此会觇出每个学生思想的邪正，谁对他们说援助的话就是'卢布党'，同情于学校的才是稳健党"。所谓"卢布党"也是要逮捕的。我当时很想在开会时甘冒不韪，侃侃发言，但很快又做别个梦了。自己是自由思想者，对于法西斯派的抬头颇不愿意。

你可不可怜我常常做梦？梦里常常有你，但不大看见你，你又老不说话，大概因为一向你在我面前总是那样斯文的缘故。你怕不怕痒？胳胳……肢！

八日上午

176

我所凝望着的只是你

挚爱的朋友：

我已写坏了好几张纸了，越是想写，越是不知写什么话好。让我们不要胡思乱想，好好地活着吧。在我的心目中，你永远是那样可爱的，这已然是一个牢不可拔的成见了。无论怎样远隔着，我的心永远跟你在一起，如果没有你，生命对于我将是不可堪的。

我知道寂寞是深植在我们的根性里，然而如果我的生命已因你而蒙到了祝福的话，我希望你也不要想像你是寂寞的，因为我热望在你的心中占到一个最宝贵的位置。

我不愿意有一天我们彼此都只化成了一个记忆，因为记忆无论如何美妙，总是已经过去已经疏远了的。你也许会不相信，我常常想像你是多么美好多么可爱，但实际见了你面的时候，你更比我的想像美好得多可爱得多。你不能说我这是说谎，因为如果不然的话，我满可以仅仅想忆你自足，而不必那样渴望着要看见你了。

　　我很欢喜，"不记得凝望些什么，一天继续着一天"两句话，说得太寂寞了。但我知道我所凝望着的只是你。

　　祝好。

朱　十日夜

祝福你！无限的依恋

　　语云，秀色可餐，这是一句东方文明的话。东方人看见一个美人，就用眼睛和灵感去餐她的秀色。而且他们不单是餐人的秀色，还要餐山水的秀色，餐花草的秀色，餐文章诗词图画的秀色！他们餐着这种无实感的东西，就像我们的祖先在祭祀时只吞些酒食的蒸汽一样。我是连茶香酒味都不能领略的人，人家如款我以秀色，我将敬谢不敏，有时我对你说的我要吃了你，那是从头到脚连衣服鞋袜一起在内整个儿的把你吞下肚里去的意思，是非常野蛮的馋欲，你会不会吓得哭起来了呢？

我知道你未必肯到我家里来玩玩，不过我很希望几时有便你能来一次。我近来对我的家很有好感。自从初小毕业之后，我因走读方便之故就寄住在姑妈家里，从高小到中学几年，大半时间都在姑妈家。我不大喜欢她家，因为她家在城内，房子不很大，因人多很有些挤，而且进出的人很热闹，我老是躲在楼上。高小一毕业，我便变成孤儿了，因此一生中最幸福的时间，便是在自己家内过的最初几个年头。我家在店门前的街道很不漂亮，那全然是乡下人的市集，补救这缺点的幸亏门前临着一条小河（通向南湖和运河），常常可以望那些乡下人上城下乡的船只，当采桑时我们每喜成天在河边数着一天多少只桑叶船摇过。也有渔船，是往南湖捉鱼虾蟹类去的，一只只黑羽的捉鱼的水老鸦齐整整地分列在两旁，有时有成群鸭子放过。也有往南湖去的游船，船内有卖弄风情的船娘。进香时节，则很大的香船有时也停在我们的河埠前。也有当当敲着小锣的寄信载客的脚划船，每天早晨，便有人在街上喊着"王店开船"。也有载着货色的大舢板船，载着大批的油、席子、炭等等的东西。一到朔望烧香或迎神赛会的节期，则门前拥挤得不堪，店堂内挤满了人。乡下老婆婆和娘娘们都头上插着花打扮着出来，谈媳妇讲家常，有时也要到我家来喝杯茶。往年是常有瓜果之类从乡下送来的。但我的家里终年是很静的，因为前门有一爿店，后门住着人家，居在中心，把门关起来，可以听不到一点点市廛的声音。我家全部面积，房屋和庭院各占一半，因此空气真是非常好，有一个爽朗的庭心，和两个较大的园，几个小天井，前后门都有小河通着南湖，就是走到南湖边上也只有一箭之遥。想起来，曾有过怎样的记忆呵。前院中的大柿树每年产额最高记录曾在一千只以上，因为太高采不着给鸟雀吃了的也不知多少，看着红起来了时，便忙着采烘，可是我已五六年不曾吃到自己园中的柿子了。有几株柑树，所产的柑子虽酸却鲜美，枇杷就太酸不能吃。桂花树下，石榴树下，我们都曾替死了的蟋蟀蜻蜓叫哥哥们做着坟。后园的门是长关的，那里是后门租户人家的世界，有时种些南瓜大豆青菜玉蜀黍之类。后园的井中曾死过人，禁用了多年，但近来有时也汲用着，不过乘着高兴而已，因为水是有店役给我们在河里挑起来的。有时在想像中觉得我的家简直有如在童话中一般可爱，虽然实际一到家，也只有颓丧之感，唤不起一点兴奋来。

我姑母家就不然，喧噪代替了冷静，城市人的轻浮代替了乡下人的诚朴，天天不断着牌声。谈起姑妈家的情形，也很是一幕有趣的包罗万象的家庭的悲喜剧。姑夫是早死了，我不曾见过面，他家是历世书香，祖上做过官府，姑夫的老太爷（我曾见过面）当年也是社会闻人，在维新和革命后地方上也尽过些力，就是嘉兴有黄包车他也是最初发起的一个。他有一个相貌像老佛似的大太太，前几年八十多岁死了，和一个从天津娶来的姨太太（现还在着），倒是很勤苦的一个。大太太生了七个孩子，四、六早殇，姨太太无出。我姑夫居长，也是个短命的，他的两女一儿，我的大表姐嫁在一家富商人家，很发福，但也很辛苦，养了六个男女孩子。表哥因当年偷跑出来在陈英士手下当学生军，便和军队发生了关系，后来学了军医。曾有一时在家闲着作名士，那时他天天发牢骚，带着我上茶馆跑夜路，那种生活想起来也很有趣。后来在冯玉祥吴佩孚军中，辗转两湖西北中原各地，此刻也有了上校衔头，在汉口娶的妻是基督徒，生了儿子叫雅谷。第二个表姐也三十六七岁了，没有嫁人，姑母很着急，但我看来不嫁人也没什么关系，此刻就嫁出去也不见会嫁得着如意郎君，左右替人当当家管管孩子，有什么意思？她自己恨的是早年失学，不能自己谋生，但实在人很能干。姑夫的第二个兄弟也不长寿，他的寡妇是一位很随随便便的太太，生活十分清贫，但有些自得其乐。儿子存着二个，大的跟叔父在四川，从不寄一个钱回来给母亲，小的在家乡米店里当伙计，吃苦耐劳，克勤克俭，把每月五六块钱工资换米来养娘，大家都称赞他。三老爷在四川做了半世穷官，殁殁他乡，生后萧条。老五是个全福之人，也在四川，当电报局长，颇有积蓄，夫妻健在，儿女无缺，儿子在北大读书，是很阔的大少爷。老七是个落魄汉，不事生产，在家乡别居着，因为文才尚可，写得一笔秀丽的字，替人写写状子，报馆里做做访员。常常衣不蔽体，履穿踵决，有时到家里去敲敲竹杠，寻寻相骂，鸦片瘾很深，牢监也坐过，女儿已卖了。我猜想在中国这种家庭也不少。

今天你还没有信来，别的没有什么，我不知你究竟人好不好？很是挂心，使我不能安定。祝福你！无限的依恋。

廿

我爱你，好不好？

宋：

今天看了一张影戏，故事很有趣。主演者是一个英国的才子，小说家，戏曲家，舞台剧人，音乐家，而今又是电影明星的Noel Coward[1]，他扮一个风流自赏的出版家，许多女人都为他颠倒，但是他把她们全不放在心上，高兴时便爱爱，不高兴时便给她们一个不理睬。女主角是一个年轻纯洁的女诗人，她弃了她原先的爱人而爱他，但

---

1 诺埃尔·考沃德，英国演员、剧作家、导演。

他遇见了一个女音乐家之后，便把她冷淡了，她的眼泪和哀求只得到轻蔑的回答。他坐了飞机去追求他的新爱人，那个被弃的女郎咒他从飞机上跌下来跌死，死后没一个人哀悼他。这咒语果然实现，飞机出了事，乘客全部在海里送命。他的死讯传出以后，大家听见了都笑笑，没一个人哀悼他。然而一天晚上，他的同事在他的办公室内发现了他，神色异乎寻常。原来这是他的鬼，因为人死了之后，如果没人为他洒一点泪，鬼魂便将永远彷徨，得不到安静，因此他要回来找寻他的旧爱人，乞求她的饶恕。这个鬼于是在各地不停地出现着，最后被他访到了她的居处，她正在看护她的自己毁弃了前途，贫病交迫的原先的爱人，后者一看见他的情敌进来，便向他连放了数枪，而自己自杀了，可是那鬼仍站着不动，他知道要求她饶恕是不可能了，只好接受永久的谴罚，而祷告上帝使这一对爱人能再得到平和和幸福。这样祷告之后，那个自杀者便醒了转来，身上的枪痕也没有了。女郎感动之下，他便得到了饶恕，而灵魂安息了。

当出版家的同事发现出版家的座位上遗留着一把海草（溺水鬼的标记），惊惶地向后者追问的时候，那鬼便威吓他出去，在夜色昏暗中只见两个人的影子，狂风吹开了窗，鬼奔出去。海景，波涛汹涌，一具溺毙的尸身在水中荡着荡着，海面上有一圈白光，空中有一个声音，说"可怜的马莱，你死了，没有一个朋友，谁也不为你伤心，这是你轻薄的报应，你的灵魂将永远得不到安宁，你所需要的是别人的一点眼泪……"。很有趣。

星期五

到知味观吃了一碗片儿川，味道很亲切，因为是在西爽斋吃惯了的。杭州面比苏州面好吃。

星期日

家里去没有意思，不要去好了。

你哭我可不哭，丽娟（一个小女孩）说我，这人老是笑。

我爱你，好不好？你叫我心疼。

第格多

你的心里才是我唯一的灵魂的家

青子：

　　我觉得我已好久不曾给你写信了。在我看来，昨天和十年之前，全然是一样的事，因为它们一样属于过去。

　　我不知道如果我们一旦失了接触时，我们会不会和旁人一样疏远冷漠起来，不知道有时你会不会再想到我，也许那时我的印象全然是可笑的也说不定。你以不以为我很有点自私，如果我想永远占有你的友情？因为我不愿意失去你，因为我不愿意失去我自己。说不定也许真有一天我会不欢喜你，当我迷失了自己的时候，那时我希望你肯用一点努力把我拉回来，如果我不曾离开你太远。因为离开了你，我不会有幸福和平安的，你的心里才是我唯一的灵魂的家。这要求确实是过分，你肯不肯允许我？你知道"我不喜欢你"这一件事对于你实际上是毫无损害的，因为你本不曾要我欢喜你，但对于我却有重大的关系，它的意义是一切的绝望苦恼和永久的彷徨。我知道即使我不欢喜你，我不能使我不爱你，因为欢喜不欢喜是心绪的转移，而真的爱永久是生着根的，因此要是我不欢喜你了，我的灵魂将失去了和谐。

你的信在这时候到。I am veree veree happee[我非常非常快乐]。

贼来你叫不叫起来？你叫起来很好听。很奇怪昨夜我坐在椅子上瞎想（昨夜有人来，去了之后，觉得一个黄昏已经扰去了，索性出去看末一场的《亨利第八》，回来已过十一点钟，又坐了两个钟头才睡），我想像你还是睡在那个小房间里，忽然一个贼进来，于是你叫了起来……

四绝句的第一首第一句"凌云志气竟千秋"似乎有些不称，不要管它；"化得流萤千万只"，"只"字还是改普通一点的"点"字吧，你知道郑天然爱用"只"字，但我不喜欢。你的意思是不是说万斛愁都化为照在陌横头的流萤？第二首较好。第三首略俚俗一点，但实际上"今日黄泥复白骨，当年同是上坟人"两句还是这四首中最真切感人的句子，我想可以加圈的。"廿载尘缘孰附身"好像不通，我也不甚懂，最好改过，"孰为亲"也不行。第四首可以不要，"夜月不知人事改"二句蹈袭太甚。拟咏怀诗毫无意义。阮嗣宗的诗骚忧沉郁，我极喜欢，你能多读读他也好，在不快活的时候。

我希望我在现在就死，趁你还做得出诗的时候，我要你做诗吊我，当然你不许请别人改的。

我非常之欢喜你，愿你好！

红儿　星期三

我一刻也不愿离开你

二哥：

　　星期日，今天我比平日早起半点钟，开开窗，先让外面的冷风洗我那留着泪痕的脸，默默地回味着甜蜜而感伤的梦境，感觉到真正的幸福。

　　因为昨夜我曾梦着你，梦得那么清楚而分明，虽然仍不免很有些傻气。我是到杭州来了，他们（我不知道他们是谁，但总之是他们）为着欢迎我，特为我开映卓别林的影片，你同着张荃也来了。我很想坐在你的身旁，但是座位都已占据满了，于是他们把我葬在坟墓里，连着坟墓把我扛到你的跟前。我可以隔着坟墓和你说话，但是看不见你，眼前只是一片黑，鼻子里充满了土气息泥滋味，以及自己尸体腐烂的臭味。"我要闷死了！"我痛苦地嚷着，但终于被我挣扎着从坟墓中伸出头来，虽然身体仍然被重压着动弹不得。这是一个颇有象征意味的开头。后来我们并肩漫步着，我知道这个下午我要离你而去了，心头充满惜别的情调，但我知道这是个宝贵而幸福的瞬间，和你走在一起，更没有别人在旁边，我们好像说了许多话，又好像一句话也不说。我侧过头来凝望你的脸孔，这是第一回我在梦里看得你那样仔细，你并不发胖，但显然不像从前那样茌弱相，肌肤也似乎结实得多了。你的脸是那么明净那么慈爱，像秋之晴空那样地，像春之白云那样地，一个可以羽翼我的母亲，看得我哭了，我眼中并没有泪，但觉得我的全身，全灵魂，都充溢着眼泪，我希望世界赶快在这一个瞬间毁灭，或是像太阳照着雪人一样让我全身的机构一下子碎为粉末，播散在太空中，每一粒粉末中都含有对你的眷恋。我真不知道盈溢在我胸中的，是幸福、欢乐、苦痛、惆怅，或是什么。这些真是我梦中的感觉，并不是此刻为要把信写得动人而随便胡诌起来的。这是三部曲中的第二部，是一首浪漫主义的抒情诗。后来你到厨房里弄饭菜去了，我因为一刻也不愿离开你，也跟着你去，你瞧我一弄都弄不来，但我尽力帮你的忙，我们一同炒肉丝饭，锅下的火很旺，火焰冲了起来，把我右手中指上烫起了泡，我说："你看，我手指都烫坏了。"但我很骄傲很满足，你微笑着安慰我。跑出去吃饭，我弟弟们面前都是一碗满满的肉丝炒饭，我却只有一碗白饭，我待要叽咕，你悄悄地对我说，"不要吵，你就吃白饭好了"，我也就很快活地吃白饭了。这一段梦略有写实主义的情调。醒来之后，像是一个蒙了祝福的灵魂，恐怕起身之后会把这梦忘记，因此不住地记忆着每一个琐细的枝节，就像怕考问而温书一样。渐渐记忆有些模糊起来，人也倦了起来，闭上眼睛，好像身子在云端里，要飘起来了的样子，但终于不曾飘了起来。

我不要作你的哥哥，我愿意作你的弟弟。

十二晨

我很快活，la la la

　　因为心里好像很高兴，所以就有点安定不下，所以就有点烦躁，所以觉得很气闷，所以心里不高兴。听见别人唧唧唧的谈话声，怪心烦的，没法子，写信。你不应该怪我老找你麻烦，因为是没法子，虽说是不久荒唐了两天回来，但星期日不准出去，总有点怨。特此声明，请你不要……

　　其实我很快活，我很快活，la la la。

　　我觉得我如作得出诗，一定会胖起来。从前多有趣，自命谪仙人的那种神气，现在只好自命为猪猡了，而且是瘦得不中吃的猪猡。呒啥话头，也无怪你不爱我。

你不要待朱朱好，他不好。

十九下午

明天我答应你不再写信。

写不出什么来了

弟弟：

　　你写得出信写不出信我都不管，如果我在想要读你的信时而读不到你的信，我便会怪你。不过你也可以不必管我的怪不怪你。我怪你有我怪你的自由，你写不出信有你写不出信的自由。写信的目的是在自己不在别人，因此我并不要你向我尽写信的"义务"，虽则你如不给信我，我仍然要抱怨你的。而这抱怨，你可一笑置之。

　　曲子填得很像样，不过第二阕似有一二处不合律，如"一天飞絮"句，"冻禽无声"句。

似乎我曾告诉你过我的诞辰，否则你不会说"忘了"，不过我也忘了我告诉过你的是那一个日子，因为我的诞辰是随便的。闻诸古老传说，我生于亥年丑月戌日午时，以生肖论是猪牛狗马，一个很光荣的集团！据说那个日子是文昌日，因此家里一直就预备让我读书而不学生意。是为宣统三年十二月十五日，因为我不愿意把自己的生日放在废朝的岁暮，做一个亡清的遗婴，因此就把它改作民国元年二月二日，实际上这二个日子在一九一二年的日历上是同一个日子。不过我并不一定把这一天作为固定的生日，去年我在九月三十过生日，因为我觉得秋天比较好一些，那天天晴，又是星期日，我请吴大姐吃饭，她请我上大光明。之后她生了我气（是我的不好），后来大家虽仍客客气气，并不绝交，不过没有见过面。

你的生日大概在暮春或初夏之间是不是？我想你应该是属牛的，因为如果你属老虎，那将比我弟弟还要年轻几个月，有些说不过去，照理你应该比我还大些，不过这个我想还是怪我生得太早罢。作诗一首拟鲁迅翁：

我所思兮在之江，

欲往从之身无洋，

低头写信泪汪汪。

爱人赠我一包糖，

何以报之兮瓜子大王，

从此翻脸不理我，

不知何故兮吊儿郎当！

今天申报上标题《今日之教育家》的社评做得很好，他说今日学校之行政者不应因循怕事，徒为传达上司命令的机关，应当与学生步调一致，以争国家主权的完整，谈安心读书，此非其时，第一该先有可以安心读书的环境。我说这回的学生运动如果仍然被硬压软骗的方法消灭了去，未免可惜，虽则事实上即使一时消灭了将来仍会起来的，但至少总要获得一些除欺骗以外更实在的结果。

我顶讨厌满口英文的洋行小鬼，如果果然能说得漂亮优美，像英国的上流人一样那倒也可以原谅，无奈不过是比洋泾浜稍为高明一点的几句普通话，有时连音都读不准确。我一连听见了几个tree，原来他说的是three。我也不懂为什么取外国名字要取Peter，John一类的字，真要取外国名字，也该取得高雅些，古典式的或异教风的，至少也要拣略为生僻一些，为着好奇的缘故，这才是奴洋而不奴于洋。

女人最大的光荣在穿好的衣服，这是指一般而言。

我昨夜做梦，做的是你和Sancho Panza（吉诃德先生的著名的从者）投义勇军的故事，你打扮得很漂亮，脂粉涂得很美，穿着一件绿袍子。你有些不大愿意入伍，想写好信请邮务局长盖印证明有病暂时请假，后来我说不要，我也从了军大家一起上前线吧。那个Sancho Panza这蠢小子，原是我的仆人，他在一个有芦席棚的院子内和许多人一起喝茶谈天，忽然有人来说你们这些人中应当推出二十个年富力强的人作为代表而加入义勇军，可怜的Sancho也在二十人之列，他本是个乐天和平的家伙，吓得屁滚尿流。

今天早上天已亮人已醒的时候，在枕上昏昏然做起梦来，梦见在一节火车里，有一个少年因受家庭压迫而逃出来，忽然跳上好几个持手枪的人来，勒令停车，逼这少年跟他们同回家去。正在这时候，娘姨端进面水来，我并不曾睡着，随随便便看了看表，已经八点半了，连忙起来，梦便不复做下去，可是很关心那少年不知是否终于屈服。这确实是个梦，并不是幻想，而且火车里的群众，少年的面貌，持枪者的衣服，起身的时候都还记得。

贵同乡徐融藻很客气向我贺年，你如高兴见了他为我谢谢。

虽然写不出什么来了，总还想写些什么似的，算了。我待你好。

叽里咕噜　十二月卅日

第六章

我把我的灵魂封在这封信里

我不要有新的希望，也不要有新的快乐，

我只有一个希望，这希望就是你，

我只有一个快乐，这快乐就是你。

我只有一个快乐，这快乐就是你

宋：

你的字写得真不好看，用横行写比较看上去齐整些。

这里连雪的梦都不曾做过，落在半空中便化为雨了，我们也不盼雪，根本没甚意思，还是有太阳可以走动走动活泼一些。一九三六年是在这阴惨的日子里开始了的，昨天的过去，不曾给我牵情的系恋。本来抵庄一个人在外边流浪一天的，看了一场早场电影《三剑客》，很扫兴，糖也不买，回来咕嘟着嘴躺在床上昏昏沉沉地看《醒世姻缘》泼妇骂街了。

天初冷时很怕冷，冷惯了些时却根本不觉得什么，每天傍晚或夜间，不论风雨，总得光着头在外边吹了一遍冷风回来。

有闲钱，自己印几本诗集送送人，也是无可无不可的玩意儿，只要不像狗屁一样臭，总还不是一件作孽的事。只是不要印得多，也不要拉什么臭名人做臭序捧场，印刷纸张装订要精雅玲珑，分送分送亲近的朋友，也尚不失为风雅。可是不出诗集最好，因为这种东西实在只是自己写给自己看的。

我只想变做个鬼来看你，我看得见你，你看不见我。总有一天我会想你想得发痴了的。

我不要有新的希望，也不要有新的快乐，我只有一个希望，这希望就是你，我只有一个快乐，这快乐就是你。祝愿魔鬼不要使我们的梦太过匆忙地结束，凭着Lucifer[魔鬼，撒旦]的名字，Amen[阿门]！

Julius Caesar[1]

1　盖乌斯·尤利乌斯·恺撒，罗马共和国末期军事统帅、政治家。

愿魔鬼保佑我们

小妹妹：

你那里下雪，我这里可是大晴天。如果你肯来上海，那么我就不来杭州了，我最怕到杭州来的理由是要拜访老师。而且到十五六里，我的钱又要用得差不多了。

我不准你比我大，至少要让我大你一岁或三个月。要是你真比我大，那么我从今后每年长两岁，总会追及你。明天起我就自认廿五岁，到秋天我再变成廿六岁。其实我愿意我的年纪从遇见你以后才正式算起，一九三三年的秋天是我一岁的开始，生日待考，自从我们离别以后，我把每个月算作一年（如果照古老话一日三秋，那是太过分些），如是到现在约已有三十个月，因此我现在已满三十一岁。凡未认识你以前的事，我都愿意把它们编入古代史里去。

你在古时候一定是很笨很不可爱的，这我很能相信，因为否则我将伤心不能和你早些认识。我在古时候有时聪明有时笨，在第十世纪以前我很聪明，十世纪以后笨了起来，十七八世纪以后又比较聪明些，到了现代又变笨了。

我从来不曾爱过一个人像爱你那样的，这是命定的缘法，我相信我并不是不曾见过女孩子。你真爱不爱我呢？你不爱我，我要伤心的，我每天凄凄惶惶的想你。我讨厌和别人在一起，因为如果我不能和你在一起，我宁愿和自己在一起。

暂时搁笔，你笑我傻也随你。愿魔鬼保佑我们，因为他比上帝可爱一些。

伊凡叔父　六日午

我要打你手心

宝贝：

　　"朱先生"是不是一种表示亲密的称呼？

　　你一点没有诚意，你希望我来，你请我不要来，你不耐烦"应酬"我，我要打你手心。

　　我待你好。

多多　九

　　世界书局出版的滑头古书，真令人不敢领教。今天我把附在古诗源后一个妄人所选的古情诗翻看了一下，那种信口雌黄真教人代他难为情，尤其是前面那一篇洋洋数千言谈"性欲与爱情"的序文，不但肉麻，连骨头五脏六腑都会麻起来。这位先生据说是把尸位素餐的素餐解作"吃菜饭"的人，然而居然会大说起四书五经起来。当今之世，呒啥话头。

我愿和你卜邻而居，共度衰倦之暮年

清如：

一辆黄包车载了我回来，敲开了门，向陆师母招呼了一声，便飞奔上楼，放下伞，摔下套鞋，脱下贼腔的帽子，披上青布罩衫，觉得比较像一个人些，肚子里也开始觉得有些饿了，出去吃了六个馒头，回来出了一回神，倒头便睡，心酸而哭。睡到七点钟起来，马马虎虎吃了碗饭，想昏天黑地地睡下去，觉得心事未了的样子，便写信。

想着自己的一副贼腔，真又好气又好笑，你真没有理由要和我要好。你气色很好，我很快活，我总觉得你很美很美。你和我前夜梦中所见的很像，我看了看你的照片（照相馆里拍的那张），心里有点气，人工的修饰把气韵都丧失了，简直不像你。下回如赴照相馆拍照，我劝你拍一张侧面像试试，全侧面的。

此行使我充满了幸福感，你不要想像我又起了惆怅，即使是惆怅，也是人生稀有的福分，我将永远割舍不了你。近着你会使我惝恍，因此我愿常远远地忆你。如果我们能获得长寿，等我们年老的时候，我愿和你卜邻而居，共度衰倦之暮年，此生之愿足矣！

回家安好且快乐？不要多想起我！祝福

朱　十六夜

你仁慈得像菩萨一样

清如：

　　要是你和我结了婚，或者你做了我的母亲，我相信我每天要挨你的骂。这并不是说你是那样凶，实在人家见了我不由不生气，我自己也每天生自己的气。

　　其实你并不曾骂过我，但每回你的信来了的时候，我总害怕这回你要骂我了。其实你仁慈得像菩萨一样，然而我总有点怕你。这理由我想我可以解释。大凡在一个凶恶的后母手下的孩子，他对他的暴君的感情初时是畏惧中杂着憎恨，等到被打过的次数加多以后，就没有畏惧而只有敌意的憎恨和反抗了,越打他,他越不怕。但在慈母手下的孩子,则她的一颦眉一板脸就会使他心慌。

顶令人气闷的是等放假,尤其是放假前的第二天,到处是那样无聊。又盼不到信。

我有一本外国算命书,今年我的流年:岁首有重大消息,须作一次大冒险,但结果意外美满(news of A1 importance early in 1936, a big chance will have to be taken, but reward will surpass all expectation)。如果你告诉我你的生年月日(阴历的我能推算作阳历),我也可以告诉你今年的流年。

无聊,不要骂我!

朱　十九

曾允许你今天不写信,故写昨天的日期。

你是世上最可爱的老太婆

澄哥儿：

　　今天天气很好，心里有点松快，可是又闷得快要闷死的样子，要是身边有钱，一定在家里坐不住。你不知道那个Flaubert[1]多少可恶，净是些古怪的生字，叫人不耐烦看下去。唉，我昨夜做的梦真有趣，尸首从床板上跳起来，身上还淋着脓，哎，啧啧，我一看不对，连忙奔下楼。昨天不是我说我多么爱你吗？这种话你不用听就是，因为我

1　福楼拜，法国作家。

怎么能自己知道我爱不爱你呢？天晓得你是多么好！我要是从来不曾读过英文就好了，那种死人工作恨一百年都恨不尽。今天才初八，还要等你至少一星期，真心焦！唉，我透了一口长长的气。你说我写些什么好呢？我什么话都没有，你只痴痴地张大了眼睛（我说的是你的照相），一句话也不响。要是谁带点糖来给我吃吃就好了。如果我亲你的嘴，你打不打我耳光？我真不高兴，真怨。你房间里冷不冷？情形真是一年坏一年……不说了。

我在梦里筑了一座宫堡，那地方的风景真是好极了，你肯不肯赏光常来玩玩？我特为你布置了一间房间，所有房间中最好的一间，又温暖又凉爽又精巧又优雅。窗外望出去的山水竹树花草，朝晨的太阳，晚来的星月，以及飞鸟羊群，都是像在一个神奇的梦境里。你这间房间我每天吩咐一个美秀的小婢打扫收拾，但别人不许进去一步，即使你永远不来也将永远为你保存着。我真不知道要怎样才好，早早死了就好了，做人真没有趣味。谢谢撒旦的父亲，日子快些过去才好！你已经三十岁，是个老太婆了，实在日子过得真快，我还亲眼看你从娘肚子里一二三开步走地跑出来呢，那时我还是个毛头小伙子，如今老了，不中用了，国家大事被后生小子弄得一团糟，也只好叹口气罢了。总而言之，还是让我以这垂朽的残生爱着你直到死去吧！你是世上最可爱的老太婆。

傻老头子

你来，一定来，不要使我失望

好友：

在编辑室的火炉旁熏了这么半天，热得身上发痒。回到自己房间里，并不冷，可是有些发抖的样子。心里又气闷又寂寞，躺在床上淌了些泪，但不能哭个痛快。

家里等着我寄钱去补充兄弟的学费，可是薪水又发不出，存款现在恐怕不好抽，只好让他们自己去设法了。郑天然叫我代买两部佛典，一调查价钱要十块左右，实在没法子买给他。自己要买书也没钱，*War and Peace*[《战争与和平》]已经读完，此后的黄昏如何消磨又大成问题。写信又写不出新鲜的话儿，左右不过是我待你好你待我好的傻瓜话儿。除了咬啮着自己的心以外，简直是一条活路都没有。读了你的信，"也许不成功来上海"，这"也许"两个字是多加上去的。我知道最后的希望，最后的安慰也消失了。

人死了，更无所谓幸不幸福，因为有感觉才能感到幸福或苦痛。如果死后而尚有感觉的话，那么死者抛舍了生者和生者失去了死者一定是同样不幸的。但人死后一切归于虚空，因此你如以他们得到永恒的宁静为幸福，这幸福显然他们自己是无法感觉到的。我并不是个生的讴歌者，但世上如尚有可恋的人或事物在，那么这生无论怎样痛苦也是可恋的。因此即使山海隔在我们中间，即使我们将绝无聚首的可能，但使我们一天活着，则希望总未断绝，我肯用地老天荒的忍耐期待着和你一秒钟的见面。

你记不记得我"怜君玉骨如雪洁，奈此烟宵零露溥"两句诗？这正和你说的"我不知道她们静静地躺在泥里是如何沉味"是同样的意思。这种话当然只是一种空想，现代的科学观已使人消失了对于死的怖惧，但同时也夺去了人们的安慰。在从前一个人死时可以相信将来会和他的所爱者在天上重聚，因此死即是永生，抱着这样的思想，他可以含笑而死。但在现在，人对于死是一点希望都没有的，痛苦的一生的代价，只是一切的幻灭而已，死顶多只是一种免罪，天堂的幸福不过是一种妄想，而失去的人是永远失去了的。

我第一次看见死是我的三岁的妹妹，其实不能说是看见，因为她死时是在半夜里，而且是那么突然的，大家以为她的病没有什么可怕的征象，乳母陪着她睡在隔房，母亲正陪着我们睡好了。忽然她异样地哭了起来，母亲过去看时，她手足发着痉挛，一会儿就死了。我们躲在被头里不敢做声，现在也记不起来那时的感觉是怎样的，后来她怎样穿着好抱下去放进棺材里直至抬了出去，我们都被禁止着不许看。此后我也看见过几次亲戚邻居的死，但永不相信我的母亲也会死的。即使每次医生的摇头说没有希望了，我也总以为他们说的是诳话，因为这是无论如何不可能有的事。虽则亲眼看见她一天坏一天，但总以为她会好过来，而且好像很有把握似的。其实她早已神智丧失，常常不认识人了。问卦的结果，说是如能挨过廿九三十（阴历的十一月里），便无妨碍，那时当然大家是随便什么鬼话都肯相信的，廿九过去无事，大家捏了一把汗等待着三十那天，整个白天悠长地守完了，吃夜饭时大家分班看守着，我们正在楼下举筷的时候，楼上喊了起来，奔上去看时，她已经昏了过去，大家慌成一片，灌药掐人中点香望空磕头求天，我跪在床前握住她的手着急地喊着，她醒过来张眼望了我一望，头便歪了过去，断气了。满房间里的人都纵声哭了起来，我们都号啕着在楼板上打滚，被人拖了出去，好几天内都是哭得昏天黑地的。放进棺材之后，棺中内层的板一块块盖了上去，只露着一个面孔的时候，我们看见她脸上隐隐现出汗珠，还哭喊着希望她真的会活过来，如果那时她突然张眼坐了起来，我们也将以为自然而不希奇的事，但终于一切都像噩梦一般过去了。此后死神便和我家结了缘，但总不能比这次的打击更大。这次把我的生命史完全划分了两半，如今想起来，好像我是从来不曾有过母亲有过童年似的，一切回忆起来都是那样辽远而渺茫。如果母亲此刻能从"无"的世界里回到"有"的世界里来，如果她看见我，也将不复能认识我，我们永远不能再联系在一起，因为过去的我已经跟她一同死去了。再过十年之后，我的年纪将比她更大，如果死后而真有另一世界存在，如果在另一世界中的人们仍旧会年长起来，变老起来，那么我死后将和她彼此不能认识；如果人在年轻时死去在那一世界中可以保持永久的青春的话，那么她将不敢再称我为她的儿子。等到残酷的手一把人们分开，无论怎样的希望梦想，即使是最虔诚的宗教信仰，也是毫无用处了。愚蠢而自以为智慧的人以为既然生离死别是不可避免的事，不如把一切的感情看得淡些。他们不知道人生是赖感情维系着的，没有亲爱的人，活着也等于死一样。如果我在当时知道我母亲会死的话，在她活着的时候，我本来爱她十分也得爱她一百分一千分。因为我们和我们所爱的人终有一天会分手，因此在我们尚在一起的时候就得尽可能地相爱着，我们的爱虽不能延长至于永劫，但还可以扩大至于无穷。

苏曼殊这人比我更糊涂些，以才具论也不见得比郑天然更高明，我只记得他的脸孔好像有点像郑天然。

我相信你的读书成绩一定很不坏，一共拿了两只三就说是从未有过的不好（体操的吃四反而表示你的用功，因为读书用功的人大抵体育成绩不大好，虽则体育成绩不好的人未必一定读书用功，因此这自然不能说是你用功的绝对的证据——我不要让你用逻辑来驳我）。一个人不要太客气，正如不要太神气一样。难得拿到一两个三的人，还要说自己书读得不好仿佛该打手心一样，那么人家拿惯四拿惯五甚至常拿六的人该打什么好呢？你们女学生或者以为拿到三有些难为情，我们男学生倘使能每样功课都是三，就可心满意足，回去向爹娘夸耀了。

我读书的时候，拿到的一比二多，三比四多，这表示我读书不是读得极好，就是极糟糕，所以他们不给我四者，因为是不好意思给我四的缘故，叫我自己给自己批起分数来，一定不给一就给四或五，没有二也没有三的。

其实这些记号有什么意思呢？读书读得最好的人往往是最无办法的人。一个连大学都没有资格称的敝学院的所谓高材生，究竟值得几个大呢？想起来我在之江里的时候真神气得很，假是从来不请的，但课是常常缺的（第一年当然不这样，因为需要给他们一个好印象），没有一班功课不旷课至八九次以上，但从来不曾不给学分过。体育军训因为不高兴上，因此就不去上。星期一的纪念周，后来这一两学期简直从来不到。什么鸟名人的演说，听也不要去听。我相信之江自有历史以来都不曾有过一个像我一样不守规则而仍然被认为好学生的人。到最后一学期，我预备不毕业，论文也不高兴做，别人替我着起急来，说论文非做不可，好，做就做，两个礼拜内就做好了，第一个交卷。糊涂的学校当局到最后结果甚至我的名次第三都已排好了的时候，才发现我有不能毕业的理由。我只笑笑说毕不毕业于我没有关系，你们到现在才知道，我是老早就知道的（钟先生很担心我会消极，但我却在得意我的淘气，你瞧得个第三有什么意味，连钱芬雅都比不上）。他们说，你非毕业不可，于是硬要我去见校医（我从来不上医务室的，不比你老资格），写了一张鬼证明书呈报到教育部去说有病不能上体操和军训课，教育部核准，但军训学科仍然要上的，好，上就上，我本来军训有一年的学分，把那年术科的学分算作次年的学科，毫无问题，你瞧便当不便当？全然是一个笑话。文凭拿到手，也不知攒到什么地方去了。

今后是再没有神气的机会了！

我觉得你很爱我，你说是不是（不晓得！）？人家说我追求你得很厉害，你以为怎样？我说你很好很可爱，你同意不同意？你说我是不是个好人？

　　这回又看不见你，我很伤心，我以为我向你说了这么多可怜话，你一定会可怜我，来看我的，哪里知道你怕可怜我会伤害我的自尊心，因此仍然不来，这当然仍表示你是非常之待我好。但以后如果我说我要到杭州来的时候，你可不要说"你来不来我都不管了"，这种话是对情人说的，但不是对朋友说的。你应当说："你来，一定来，不要使我失望。"你不懂的事情太多，因此我得教教你。唉！要是你知道我想念得你多么苦！

三日夜

　　宋清如先生鉴：此信信封上写宋清如女士，因为恐怕它会比你先到校，也许落在别人手里，免得被人知道是我给你的起见。

我把我的灵魂封在这封信里

好姊姊：

今天中午回来，妹妹带着随随便便的神气对我说，"你房间里有一封信"，一跳跳到楼上，信并没有，虽然知道受了骗，可是也许被风吹在地上，也许被放在书底下枕头底下抽屉里，仍然作万一之想地空寻了一番，好像你并不是昨天才有信给我的。

说不出来的闷，空虚，灵魂饿得厉害。鬼知道这种罪几时才能受满。

我们廿九、三十两天不作工，廿九是星期例假，三十补革命纪念日假（或者说廿九是革命纪念日，三十补星期例假均可），虽承公司方面的好意，实在也并不十分欢迎，一切事情天晓得！

我把我的灵魂封在这封信里，你去旅行的时候，请把它随身带在口袋里，挈带它同去玩玩，但不许把它失落在路上。

幸亏世上还有一个你。我弱得厉害，你不要鄙夷我。

所有的祝福！

饿鬼　写于没有东西吃的夜里　廿六

你觉得我讨厌不讨厌

清如老姊：

　　松江有一个教员位置，有人已向我说过，大概有六七分把握，不过如这学期就要去上任，想起来有些心慌，而且我也不甚喜欢松江，又小又寂寞。

　　郑天然寄了三本《世界名曲文库》给我，门外汉买给门外汉，甚为抱歉。《俄罗斯歌曲集》和《Falla[1]歌曲集》还可以念着日本字哼哼，那本Schubert[2]就只好看着发呆。

1　法雅，西班牙作曲家。
2　舒伯特，奥地利作曲家。

顾敦已敦促了几次纪念刊的稿子，而且特别指定要白话诗，"能此者甚少，非借重不可"，实在难于应命，你替我代做好不好？小弟此身自问已和一切艺术绝缘，想起来寂寞得很。

你几时走？

我不知道恋爱是否原来就是一件丑恶的东西，还是人把它弄丑恶了的，但无论如何这两字总不给人好感。我希望人家不要以为我和你发生了恋爱，而且我写给你的信也并不是情书。——可笑的蠢话！

想要谈谈时局战争一类的话，可是谈不来，不谈了。

如果天真能倒下来，就好了，省得我明天还要跟你写信。你觉得我讨不讨厌？

我待你好，我待你好，我待你好，我待你好。

卅

我很安静，不淘气了

宋：

说过的傻话请不要放在心上。

今天我很快活，因为清晨走在路上，看见一个中国巡捕，脸孔圆圆的，一头走路一头眼睛眯着打瞌铳，样子甚可爱。

昨天借了六本弗洛伊特的《精神分析引论》，一口气看完了。今天毕竟又去把*Jane Eyre*[《简·爱》]买了转来，一块钱。

我很安静，不淘气了。我猜想你明天会有信来，我有点害怕，不知你要说些什么话，我真不好。

虔诚的忆念和祝福。

不好的孩子　七日晚

一首蹩脚的诗请你指正。

我批评的话漂亮不漂亮

亲爱的朋友：

卓别麟并不曾给人们以新的惊异，《摩登时代》使我们那些"浅薄的高明者"眩目的地方只是在于它采取了一个"摩登"的题材，事实上是已不新异了的对于机械文明的"讽刺"。卓别麟本人颇有一些诗人的素质，但我们的批评家们要尊他是一个思想家时，却未免揄扬过当了。

《摩登时代》中触及了工厂的科学管理、失业、穷困、法律与监狱等等东西，也轻轻地借用一个共产党暴动的场面画了一幅谐画，但在本质上和以前的作品并无不同。如他自己谦恭而老实地所说的，《摩登时代》是"专为娱乐而摄制的"，这中间并没有什么"思想"的成分，而且他也绝不会变成一个社会主义者的同路人，而且我们也不希望他这样，因为我们的却利如果要革命，那他必得抛掉他的可笑的帽子和手杖，改正他那蹒跚的步态，这样无异于说，我们将不再欣赏到我们所熟悉的那个流氓绅士，而那正是我们所要欣赏的。卓别麟的贡献只是描写了我们这世间一些有良心而怯弱可怜被人欺负的人的面容和他们的悲哀。他自然是一个人道主义者，但我们不管他这个，我们受他的感动只是因为他那种可以称为艺术的pathetic[悲惨的]的笔触。

但我们的批评家们却因为他在最后所说的两句话"Let's buck up, we'll get along"[让我们振作起来，我们将向前进]而以为他具有"前进的意识"，思想上有了进步了。如果这两句话并非不过是两句机械的时髦话，如我们中国的"尾巴主义者"一样（中国的电影制作者们往往欢喜在结局加上一条光明的尾巴，如参加义勇军之类），那么也不过是两句聊自慰藉的话，谁都觉得它们是多少无力。艺术家和商人市侩（在近代这两种人并无冲突）的卓别麟是一个成功者，但银幕上的卓别麟则永远被注定着失败的命运，即使是艺术家的卓别麟自己也不能把那种命运改变过来的。

在《摩登时代》中，卓别麟的表演和从前并无不同，但仍一样使人发笑，而观众也就满足了，因为对他我们没有过事苛求的必要。虽然在诗趣的盈溢和充分的sentimentalism[感伤主义]上他的《城市之光》更能引人入胜。至于他的反对有声片只是表示与众不同而已，实际上《城市之光》和《摩登时代》都是最理想或最近理想的有声片，虽则不用对白。然而如果事实上不能全废对白，而仍然要用少数简单的字幕写出来的话，我不认为采用字幕是较聪明的办法。

卓别麟并不曾给人们以新的惊异，但我们也并不希望他给人以新的惊异。《摩登时代》不曾使我们失望（虽然也许他所得的评价比它所应得的更高一些），至少我们在看这片子里对于生理上心理上都有益卫生的事。

如此如此，你看我批评的话漂亮不漂亮?

后天我可以把我已看完的《萧伯纳传》寄给你，这是本很有趣的书，本书的著者赫里思和萧伯纳同样是一对无可救药的宝货，我比他们中间无论哪一个都伟大得多（这是句萧伯纳式的话）。

大多数的女人都不大欢喜吃甜的东西，这是我对于大多数女人不能欢喜的一个理由，我第一次对吴大姐感到不满就是当她给我吃了一碗不甜的绿豆粥的时候。有许多女人甚至于有绝对不吃甜食的恶习惯，这足以损害她们天性中可爱之处。

我希望你尽可能地多读书，这所谓书是包括除中国古书以外的任何科学的哲学的社会科学的政治经济的绘画音乐的宗教的……书。

一个人有时要固执起来是很可怜的，有人赞成大路开路先锋一类的歌（那当然证明他绝对没有音乐修养），如果你对他细细说明这两个歌在音乐上毫无价值，他会倔强地说，"但是它们有很好的内容"，但我总看不出它们的内容有比毛毛雨更好的地方。

你是天使，我是幸福的王子

好友：

　　我懒得很，坐在椅子里，简直懒得立起身来脱衣裳睡觉，看了几页小说，闭了眼睛出了一下神，又想写信，又有点不大高兴。今天有了钱，也吃到了你的糖，糖因为是你给我吃的，当然格外有味，可是你知道，一个人无论怎样幸福怎样快乐，如果他的喜乐只有自己一人知道，更没有一个可以告诉的人，总是非常寂寞的。如果我有一个母亲或知心的姐妹在一起，我会骄傲而满足地对她说："妈，你瞧，我有一样好东西，一包糖，'她'给我的。"她一定会衷心地参与我的喜乐，虽然在别人看来，一点也不值得大惊小怪的。

编辑所里充满了萧条气象，往年公司方面裁员，今年有好几个人自动辞职，人数越减越少，较之我初进去时已少了一大半，实在我也觉得辞了职很爽快，恋着这种饭碗，显得自己的可怜渺小。可是自己实在什么都不会干，向人请托谋事又简直是要了我的命，住在家里当然不是路数。我相信我将来会饿死。

听两个孩子呼名对骂，很有味道，打着学堂里念书的调子彼此唱和，哥哥骂妹妹是泼婆大王，妹妹骂哥哥小赤佬，以及等等。

明天再说。你是天使，我是幸福的王子。

朱　十一

第七章
梦魂不识路，何以慰相思

如果你要为我祝福，祝我每夜做一个好梦吧，

让每一个梦里有一个你。

如果现实的缺憾可以借做梦来弥补一下，

也许我可以不致厌世。

我永远不相信会有人怕你

宋：

　　以后我接到你信后第一件事便是改正你的错字，要是你做起先生来老是写别字可很有些那个。

　　可是我想了半天，才想出"颠顶"两个字，你是写作"瞒肝"的。

　　你有些话我永远不同意，有时是因为太看重了你自己的ego[自尊心]的缘故，例如你自以为凶（我觉得许多人说你凶不过是逗逗你，他们不会真的慑伏于你的威势之下的），其实我永远不相信会有人怕你（除了我，因为我是世上最胆怯的人）。

随你平凡不平凡，庸劣不庸劣，颟顸不颟顸，我都不管，至少你并不讨厌，至少在我的眼中。你知道你并不真的希望我不要把"她"放在心上。

关于你说你对我有着相当的好感，我不想grudge[忌妒]，因为如果"绝对"等于一百，那么一至九十九都可说是"相当"。也许我尽可以想像你对于我有九十九点九九的好感。我觉得我们的友谊并不淡淡，但也不浓得化不开，正是恰到好处，合于你的"中庸之道"。你的自以为无情是由于把"情"的界说下得过高的缘故，所以恰恰等于我的所谓多情。要是我失望，当然我不会满足，然而我满足，因此我不失望。至于说要我用火红的钳子炙你的心，使你燃烧起来，那是一个刽子手的事（如果有这样残酷的刽子手，我一定要和他拼命），我怎么能下这毒手呢？再说"然烧"的"然"虽是古文，在白话文里还是用"燃"的好。

"妒"是一种原始的感情，在近代文明世界中有渐渐没落的倾向。它是存在于天性中的，但修养、人生经验、内省与丰富的幽默感可以逐渐把它根除。吃醋的人大多是最不幽默，不懂幽默的人，包括男子与女子。自来所谓女子较男子善妒是因为历史和社会背景所造成，因为所接触的世界较狭小，心理也自然会变得较狭小。因此这完全不是男的或女的的问题。值得称为"摩登"的姑娘们，当然要比前一世纪的闺阁小姐们懂事得多，但真懂事的人，无论男女至今都还是绝对的少数，因而吃醋的现象仍然是多的。至于诗人大抵是一种野蛮人，因此妒心也格外强烈一些，如果徐志摩是女子，他也会说nothing or all[要么全无，要么全部]，你把他这句话当作男子方面的例证，是不十分可使人心服的，根本在徐志摩以前就有好多女子说过这句话了。我希望你论事不要把男女的壁垒立得太森严，因为人类用男女方法分类根本不是很妥当的。

关于"爱和妒是分不开的"一句话，我的意见是——所谓爱就程度上可以归为三种：

1.Primeval love, or animal love, or love of passion, or poetic love[原始的爱，或者动物性的爱，或者激情的爱，或者诗意的爱]；

2.Sophisticated love, or "modern" love[深于世故的

爱，或者"现代的"爱]；

3.Intellectual love，or philosophical love[理智的爱，或者哲理性的爱].

此外还有一种并不存在的爱，即Spiritual love，or "Platonic" love，or love of the religious kind[精神的爱，或者"柏拉图式"的爱，或者宗教的爱]，那实在是第一种爱的假面具，可以用心理分析方法攻破的。

妒和第一种爱是成正比例的，爱愈甚则妒愈深，但这种爱与妒能稍加节制，不使流于病态，便成为人间正常的男与女之间的恋爱，完全无可非议。

第一种爱和第三种爱是对立的，但第二种爱则是一种矛盾的错综的现象，在基础上极不稳固，它往往非常富于矫揉造作的意味，表面上装出"懂事"的样子而内心的弱点未能克服，同时缺乏第一种爱的真诚与强烈。此类爱和妒的关系是：表面上无妒，内心则不能断定。

第三种的爱是高级的爱，它和一般所谓"精神恋爱"不同，因为精神恋爱并不超越sex[性]的界限以上，和一个人于现实生活中不能获得满足而借梦想以自慰一样，精神恋爱并不较肉体恋爱更纯洁。但这种"哲学的爱"是情绪经过理智洗练后的结果，它无宁是冷静而非热烈的，它是nonsexual[无性的]的，妒在它里面根本不能获得地位。

胡言乱语而已。

我待你好。

也也

你不陪我玩，我不快乐

好友：

我的确不快乐，我怎么能快乐呢？你又不陪我玩。五一劳动节是星期五，很有人在作旅行的准备。我是死了心把一个春天葬送在上海，租界也不踏出一步，公园里也不去躲上半小时，让欲老的春光去向别人卖弄风情吧。昨夜做梦兄弟到上海来，我向他提议坐双层公共汽车到虹口公园去，但好像终于没有勇气实行的样子。

假如你要做国文教员的话，以后你得对于文字格外小心一些，比如"一个人顶幸福的人，一定是在忘记世界忘记自己的时候",怎么叫做"一个人顶幸福的人"呢?桐庐的"卢"字是应当写作"庐"的。

方帽子照相我相信你一定会送给我,如果我一定要向你要的话。

其实有时我的确觉得自己还不全然是个死人,比如前两天就好像有满心想要淘气的样子。

近来经济是意外的宽裕,今天我一定要请自己吃一顿饭。

真的我不知道我还会不会看见你,我对于将来太少希望。

我待你好,永远。

小物件　星期日

祝我每夜做一个好梦吧

宋：

　　风雨如晦，天地失色，我心寂寞，盖欲哭焉。今天虽然盼得你的信，可是读了等于不读，反而更觉肚子饿，连信封才七十字耳，吝啬哉！

　　不知你玩得算不算畅快？鲰生无福，未能追随芳躅，惟有望墨水壶而长叹而已。

　　本来我也可以今天乘天凉回家去一次，但一则因为提不起兴致，二则因为钱已差不多用完，薪水要下星期一才有，因此不去，下星期已说定要去，大概不得不去，并非真想去。狗窝一样的亭子间，虽然我对它毫无爱情，只有憎恶，但在这世上似乎是我唯一不感到陌生的地方。

如果你要为我祝福，祝我每夜做一个好梦吧，让每一个梦里有一个你。如果现实的缺憾可以借做梦来弥补一下，也许我可以不致厌世。

愿你好。

X　四日

每两分钟你在我心里一次

姊姊：

今天早上弄堂里叫卖青梅，喊着："妹子要哦妹子？亲妹子，好妹子，好大格亲妹子要哦？"

真的我这么许久不见你了，不知道几时才能托上帝的福再见你一次，今天是风雨凄凄，思想起来好不伤心人也。

舍弟很客气地来信请我端午节到家里去做客人，但要我衣裳穿得楚楚一点，因为他的太太不大看得惯寒酸（或者好听一点说落拓不拘细节）的样子。实在，我对于故乡的姑娘儿们是只有叹气的，尤其是暴发户气息的小商人阶级的女儿。嘉兴是太充满商人味儿的城市，你走遍四城门也找不到一个高贵清华的少女，当然更绝对产生不出宋清如那样隽秀的才人。

我要多么待你好，每两分钟你在我心里一次，祝福你。

弟弟　星期日

梦魂不识路，何以慰相思？

阿姊：

　　你走了；我很寂寞，今夜不知你在什么地方，梦魂不识路，何以慰相思？

　　人静之后，夜的空气甜柔得有些可爱，无奈知心人远，徒增惆怅耳。旅途倦乏，此刻你一定已睡得好好儿的了。如果天可怜见，让我今夜梦里见你吧。

　　愿煦风和日永远卫护着可爱的你，愿你带着满心的春笑回来。

爱丽儿　廿八

　　昨天看了本影戏（有什么办法呢！）打倒了胃口，今
天不想出去了。你玩得高兴不高兴？

卅

寄给你全宇宙的爱

好人：

录呈一"粲"，不是录呈一"桀"。

新咏数章，很像胡适之白话文学史中的王梵志体。不是好诗，但也过得去。"蕩"字写作荡或盪，你老爱这样写。

"你的那篇文章"，如果你不对我说，我一定绝对不想看它，你既然对我说了，我便想看它；你如不许我看，我便非看不可。

上次来信中"因为我不喜欢听消极的话，允许我以后不把颓丧的话说给我好不好？”这句句子应当进文章病院。

一个月以前的明天的此时，我们冒着雨在马路上。幸福的日子是如此稀少！

寄给你全宇宙的爱和自太古至永劫的思念。

Lucifer　四日

我总死心眼儿爱你

爱人：

写一封信在你不过是绞去十分之一点的脑汁，用去两滴眼泪那么多的墨水，一张白白的信纸，一个和你走起路来的姿势一样方方正正的信封，费了五分钟那么宝贵的时间，贴上五分大洋吾党总理的邮票，可是却免得我食不甘味，寝不安席，无心工作，厌世悲观，一会儿恨你，一会儿体谅你，一会儿发誓不再爱你，一会儿发誓无论你怎样待我不好，我总死心眼儿爱你，一会儿在想像里把你打了一顿，一会儿在想像里让你把我打了一顿，十足地神经错乱，肉麻而且可笑。你瞧，你何必一定要我发傻劲呢？就是你要证明你自己的不好，也有别的方法，何必不写信？因此，一、二、三，快写吧。

我爱宋清如，风流天下闻

我爱宋清如，风流天下闻；

红颜不爱酒，秀颊易生氛。

冷雨孤山路，凄风苏小坟；

香车安可即，徒此挹清芬。

我爱宋清如，诗名天下闻；

无心谈恋爱，埋首写论文。

夜怕贼来又，晓嫌信到频；

怜余魂梦阻，旦暮仰孤芬。

我爱宋清如，温柔我独云；

三生应存约，一笑忆前盟。

莫道缘逢偶，信知梦有痕；

寸心怀夙好，常艺瓣香芬。

右打油诗三首

看不见你，我想哭

澄子：

昨夜想写信写不成功，其实总写不出什么道理来。今晚又很懒，但不写信又似心事不了，仔细一想，我昨天还寄给你过一封信，却似乎已有两三天不写了的样子。

第二次世界大战业已开始，你高不高兴？中国又要有问题了。全国运动会太无聊。明天过去，又是星期。

还是讲梦吧：某晚我到你家里，你似乎有些神智失常，我们同出去散步シマス[1]，到一只破庙里，你看见庙里

1　日文中动词的词干，无意义。

的柱对，便要把头撞上去，我说这庙里一定有邪鬼，连忙把你抱了出来。回来的时候，经过一条河，河里放下几块三角板来，以备乘坐；尖头向前，后部分为两个窄窄的座位，隔在两座位中间的是舵轮滑车等物，可以开驶。我们坐了上去，我一点不懂得怎样开驶，几回险乎两人都翻下水去，你把我大骂。

陆先生说邵先生和钟先生都名士气，我觉得邵先生即使算得是名士也是臭名士，其行径纯乎"海派"，要从他身上找到一点情操是不可能的。钟先生太是个迂儒，但不失为真道学，不过有点学者的狷傲气，人是很真诚不虚伪，二人不可同日语。至如夏先生则比我们天真得多，这种人一辈子不会懂世故。

寂寞得很，看不见你，我想哭。不写了，祝福你。

爱丽儿　四日夜

我要待你好——别肉麻！

好友：

我心里非常之肉麻（我的意思是说悲哀），为什么永远不能产生出一种安定感，可以死心塌地地承受生活所给予的一切。我不是不满足，我也不想享受什么，我只想逃避，可是一切门都对我禁闭着。向上进不可能，向下堕落也不可能，有时我真渴想堕落。

要是明天你仍没有信来，我一定不吃饭。有的人三两个月给一封信我，我觉得他们怪亲切，待我这样好，这么不麻烦，可是等起你的信来老像要等脱半条命似的。

一个人要是做了基督徒，大概百分之九十五将来要落地狱，这地狱便是他们自以为是天堂的地方。

理想的世界是一切人都没有灵魂。

你真不替我争气，毕业成绩还比不上丁幼贞，绩然连2都拿不到。

我要待你好——别肉麻！

野狼　十八

很想再来看你一次

好好：

  你有一点不好的地方，那就是爱用那种不好看的女人信笺。

  你不大孝顺你的母亲，我说你应当待她好些，如果怕唠叨，那么我教你一个法子，逢到你不要她开口而她要开口的时候，只要跑上去kiss她，这样便可以封闭住她的嘴。

  你崇拜不崇拜民族英雄？舍弟说我将成为一个民族英

雄，如果把Shakespeare[莎士比亚]译成功以后。因为某国人曾经说中国是无文化的国家，连老莎的译本都没有。我这两天大起劲，Tempest[《暴风雨》]的第一幕已经译好，虽然尚有应待斟酌的地方。做这项工作，译出来还是次要的工作，主要的工作便是把僻奥的糊涂的弄不清楚的地方查考出来。因为进行得还算顺利，很抱乐观的样子。如果中途无挫折，也许两年之内可以告一段落。虽然不怎样正确精美，总也可以像个样子。你如没事做，替我把每本戏译毕了之后抄一份副本好不好？那是我预备给自己保存的，因此写得越难看越好。

你如不就要回乡下去，我很想再来看你一次，不过最好什么日子由你吩咐。

我告诉你，太阳底下没有旧的事物，凡物越旧则越新，何以故？所谓新者，含有不同、特异的意味，越旧的事物，所经过的变化越多，它和原来的形式之间的差异也越大，一件昨天刚做好的新的白长衫，在今天仍和昨天那样子差不多，但去年做的那件，到现在已发黄了，因此它已完全变成另外的一件，因此它比昨天做的那件新得多。你在一九三六年穿着一九三五年式的服装，没有人会注意你，但如穿上了十七世纪的衣裳，便大家都要以为新奇了。

　　我非常爱你。

淡如　廿五

第八章 永远是你的怀慕者

从前以为年轻人谈精神恋爱是世上最肉麻的一回事，后来才知道人世间肉麻事，大有过于此者。

想用一个肉天下之大麻的称呼称呼你

宋:

　　我想用一个肉天下之大麻的称呼称呼你，让你腻到呕出来，怎样？你老是说不通的话，我不知道你把我的思想和精神怎样抱法？其实我是根本没有思想也没有精神的。

　　你的诗写得一天比一天没希望，如果真要做诗人，非得多发发呆，弄到身体只重五十磅为止不可。我承认你现在还是相当呆的，因此还能哼几句，像我因为很聪明，所以就写不起来了。我很满足人生，你说你怕看见我也不能使我伤心。昨天吃了很多冰淇淋。

此间需要小编辑一位，须中英文皆能过得去而相当聪明者，月薪至多五十，至少五十，你们班里如有走投无路的此项人才，可来一试。

不要哭，我仍旧欢喜你的，心肝！

廿七

说不完的我爱你

亲爱的朋友：

热得很，你有没有被蒸酥了？

怪倦的，可是我想必须要写了这封信。

*Tempest*已完工，明天叫他们替钉一钉，便可以寄给你看，但不知你能不能对我的译笔满意。

郑天然给我的两本抄本，我因为自己没用处，昨夜没有事，便把你所有寄给我看的新诗（除了我认为太不好的少数之外）都抄了上去，计得：

1932年（十月起）　　　　9首

1933年	38首
1934年	32首
1935年	8首
1936年（迄七月）	2首

竭着一个黄昏一个上午半个下午的时间把它们抄完，好似从头到尾温习了一遍甘美的旧梦。我觉得你确实有诗人的素质，你的头脑跟你的心都是那么美丽可爱。因为不讲究细琢细磨的缘故，你的诗有时显得生硬，显得意象的调炼未臻融和之境，而给人一种不很成熟的感觉，但这无害于你的抒情的优美。不经意而来的好句子，尽可以使低能的苦吟者瞠然失色；你的顶好的几首小诗可以列于我平生读过的最好的诗篇之中。我对于你真只有无限的爱慕，希望你真不要从此萧索下去才好。我曾在抄后又用红墨水把你的各篇诗加以评点，好的诗一圈，很好的诗两圈，非常好的诗三圈；句子有毛病或用得不适当的加竖，佳句加细点，特别出色的佳句加密圈，你要不要看看？

说不完的我爱你。愿你好。

永远是你的

星期日夜

267

你肯不肯给我一个吻？

好人：

今晚我把《仲夏夜之梦》的第一幕译好，明天可以先寄给你。我所定的计划是分四部分动手：第一，喜剧杰作；第二，悲剧杰作；第三，英国史剧全部；第四，次要作品。《仲夏夜之梦》是初期喜剧的代表作，故列为开首第一篇。

今天已把所抄的你的二本诗寄出，希望你见了不要生气。

今天下雨，很有了秋意。湖州有没有什么可以玩玩的地方，人家陪不陪你出去走走？除国文外，你还教些什么功课？

《仲夏夜之梦》比《暴风雨》容易译，我不曾打草稿，"葛搭"（这两个字我记不起怎么写）的地方也比较少，但不知你会不会骂我译得太不像样。

虽则你还没开学，我却在盼望快些放寒假（或者新年），好等你回家的时候来看你。民德是不是教会学校？大概是的，我想。我顶不欢喜教会里的女人。

我记住你的阴历生日是六月十八，阳历生日是七月三十一，错不错？

你肯不肯给我一个吻？

愿你秋风得意，多收几个得意的好门生，可别教她们做诗，免得把她们弄成了傻子。

魔鬼保佑我们！

一个臭男人　十七夜

你的靠不住的

妞妞：

你如不待我好的时候，我会耍许多花样，比如说拿红墨水写血书，滴几点水在纸上当眼泪，以及拿着救命圈跳黄浦，或宣传要自杀之类，你看好不好？

凡是我问你的问题，在我未问之前我早知道你怎样回答了。为什么你不说"你来也不好，不来也不好"呢？我以为这问题的起点在我而终点在你，所以非得请教你的意见不可。

拿到了五块钱，就上街去，买了一本《死魂灵》、一本《狱中记》、一本《田园交响乐》，都是新近出的好书，看过后就寄给你，目下还余两块多三块不到，大约到这星期日完结。不过我已写信问家里要钱去了，前两个月曾寄过一百数十块钱回去，因此他们不会骂我的。下个月的薪水大概只有拿一半的希望，听着似乎有点惨，其实对我并无影响，因为第一可以不必寄钱回家去，第二可以名正言顺地暂欠几块钱房租，这样一来，看影戏仍不生问题，因此人生是可乐观的，而中国也不会没有希望。

想到爱国这个问题，我说爱国是一个情感的问题。国民对于国爱不爱全可以随便，不能勉强的，但因为个人是整个国家的一分子，因此必然地他对于他的国家有一种义务，一个好国民即是能尽这种义务的人，而不一定要爱国。因为情感会驱使人们盲目，如果他的国家是一个强国，那么他会变成一个自私的帝国主义者，以征服者自命；假如他的国家是一个落后的国家，那么他会妄自尊大，抬出不值一文钱的"国粹"来自吹自捧，而压抑了进步势力的抬头。如果人人知道他的国家的不可爱，而努力使她变得可爱起来，那么这国家才有希望。中国并不缺少爱国的人，一听到闸北要有战争了，人人变成了"民族主义者"，然而他们的民族主义只能把他们赶到法租界去而已。

　　我待你好。

　　　　　　　　　　　　你的靠不住的

以后不许再生病了

宝贝：

　　我知道你一定生了病了，谢天谢地，现在好了吧？以后不许再生病了，否则我就要骂你。

　　这两天我整天整夜都在惊惧忧疑的噩梦中，真的，我在害怕也许你会一声不响地撇下我死了，连通知也不通知我一声，这当然是万万不可以的。

　　下星期我来望望你好不好？到湖州还是打苏州转便当还是打嘉兴转便当？

　　今天据说是中秋，你不要躺在床上又兴起感慨来，静静地养养神吧。对于我，除了多破费几块钱外，中秋是毫无意义的。

停会再写。祝福你，可怜的囡囡！

伊凡·伊凡诺微支·伊凡诺夫　卅

我欢喜你，而且我欢喜你

青女：

　　从前以为年轻人谈精神恋爱是世上最肉麻的一回事，后来才知道人世间肉麻事，大有过于此者。放眼观之，几无一事不肉麻，所谓生命也者，便是上帝在不胜肉麻的一瞬间中创造出来的。人要不怕使人肉麻，才能成为大人物；至少也要耐得住肉麻，才能安然活在世上。否则你从早上起身到晚间睡觉之间的几多小时内，一定会肉麻而死的。展开报纸来，自从国际要闻起直至社会新闻报屁股，无论那一条都是肉麻的文字。除非你一个人关了房门闭起眼睛天不管，否则便不免要看到一切肉麻的事；然而即使一个人关了房门闭起眼睛天不管了，你也会发觉在你的脑中有许多肉麻的思想。

战争在三四月间发动，我私人方面所得的可靠消息也是这样说。我们即使不就此做亡国之遗民，至少总也有希望受到一些在敌人势力下的滋味。

说你是全然的温柔婉约当然有些过分，不过人家所说的浪漫当然也和我所认为的那种浪漫不同。也许别人所斥责的过于浪漫，我仍然会嫌太温柔也说不定。我们的灵魂都是想飞，想浪漫的，但我们仍然局促在地上，像绵羊一样驯服地听从着命运，你说这不算温柔吗？太浪漫的人是无法在这世上立足的，我们尚能不为举世所共弃，即是因为我们是太温柔了的缘故。

有许多话，但是现在一时说不起来。等想想再说吧。

我欢喜你，我欢喜你，我欢喜你，而且我欢喜你。

朱儿　十二

在秋山蹒跚独行的快乐

好友：

秋天了，明天起恢复了原来的工作时间，谢天谢地的。今后也许可以好好做人了吧，第一，译莎剧的工作，无论胜不胜任，都将非尽力做好不可了；第二，明天起我将暂时支持着英文部的门户，总得要负点儿责任，虽则没有什么大不了的事干。

昨夜睡中忽然足趾抽筋，下床跑了几步，一个寒噤发起抖来，疑心发疟疾了，钻到被头里去，结果无事。

《暴风雨》的第一幕你所看见的，已经是第三稿了，其余的也都是写了草稿，再一路重抄一路修改，因此不能和《仲夏夜之梦》的第一幕相比（虽则我也不曾想拆烂污），也是意中事。第二幕以下我翻得比较用心些，不过远较第一幕难得多，其中用诗体翻出的部分不知道你能不能承认像诗，凑韵、限字数，可真是麻烦。这本戏，第一幕是个引子，第二、三幕才是最吃重的部分，第四幕很短，第五幕不过一班小丑扮演那出不像样的悲剧。现在第三幕还剩一部分未译好。

现在我在局内的固定工作是译注几本《鲁滨孙漂流记》Sketch Book[《见闻录》]等类的东西，很奇怪的这种老到令人起陈腐之感的东西，我可都没有读过。

你相不相信在戏剧协社（？）上演《威尼斯商人》之前，文明戏班中便久已演过它了，从前文明戏在我乡大为奶奶小姐们所欢迎（现在则为绍兴戏所代替着，趣味更堕落了，因为那时的文明戏中有时还含一点当时的新思想），那时我还不过十二三岁的样子，戏院中常将《威尼斯商人》排在五月九日上演，改名为《借债割肉》，有时甚至于就叫做《五月九日》，把Shylock[1]代表日本，

1 夏洛克，莎士比亚喜剧《威尼斯商人》中人物。

Antonio[1]代表中国，可谓想入非非。此外据我所记得的像 *Much Ado about Nothing*[《无事生非》]和*Two Gentlemen of Verona*[《维洛那二绅士》]也都做过，当然他们决没有读过原文，只是照*Tales from Shakespeare*[《莎士比亚戏剧故事集》]上的叙述七勿搭八地扮演一下而已，有时戏单上也会标出莎翁名剧的字样，但奶奶小姐们可不会理会。

有时我也怀想着在秋山蹒蹒独行的快乐。

《未足集》和《编余集》，这两个名字一点不能给人以什么印象，要是爱素朴一点，索性不要取什么特别的名字，就是诗集或诗别集好了。

再谈，我待你好。

朱　卅一

1　安东尼奥，莎士比亚喜剧《威尼斯商人》中人物。

我将会爱你得更凶一点

宝贝：

以后你如不耐烦不痛快的时候，我欢迎你到上海来找我出气，我简直不大能相信你会发脾气，因为你一向对我都太"温柔"了。如果再那么"凶"一点，我相信我将会爱你得更凶一点。

如果我命令你爱我，你一定不会服从的；因此如果你不允许我爱你，我也不见得就会乖乖地听话，总之这事已经解决于三年之前，现在更无犹疑之余地。

关于你的那篇大作，我不知道你说"你也一定不许看"这句话有甚么意思？你瞧你并不曾把它寄给我，即使你许我看我也看不到。譬如说，我从来不曾看见过你，一天你的母亲对我说，"我有一个女儿，你一定不许爱她"，这话有不有些奇怪？最好你还是把它寄给我看一下，否则何必对我说是不是？

路透社电：徐金珠婚牛天文。

BIG BAD WOLF[大坏狼]

P.S.我爱你。

你知道我总是疼你的

你这个人：

　　我劝你以后莫要读中国书了，是一个老学究才会给我取"元龙"那样的名字，为什么不叫我"毛头和尚"、"赤老阿二"、"大官"、"赛时迁"、"混江龙"、"叮叮当当"、"阿土哥"、"小狗子"呢？

　　请给我更正：《暴风雨》第二幕第二场卡列班称斯蒂芬诺为"月亮里的人"；又《仲夏夜之梦》最后一幕插戏中一人扮"月亮里的人"。那个月亮里的人在一般传说中是因为在安息日捡了柴，犯了上帝的律法，所以罚到月

亮里去，永远负着一捆荆棘。原译文中的"树枝"请改为
"柴枝"或"荆棘"。后面要是再加一条注也好。

你要是忙，就不用抄那牢什子，只给我留心校看一遍
就是。你要不要向我算工钱？

你不怎样忧伤，因此有点儿忧伤。上次信你说很快
乐，这次并不快乐，希望下次不要更坏。你知道我总是疼
你的。

卡列班[1]　十四

1　莎士比亚戏剧《暴风雨》中人物。

写了三四次信，总写不成功

宋千金：

　　心里乱烘烘，写了三四次信，总写不成功，怨得想自杀。

　　天又热起来，我希望它再下雨，老下雨，下个不停。

　　你瞧，昨晚密昔斯陆问起你，我告诉她你姆妈预备逃难，她吓得连忙说，"那么我们也赶快去找房子"，女人乎！

　　上个星期日逛城隍庙，逛罢城隍庙接连看了三本苏联影片，偶然走过ISIS的门口而被吸进去的。一本《雷雨》

是第四遍重看了，一本记录电影《北极英雄》太单调沉闷，一本《齐天乐》，美国式的歌舞喜剧，可看得我从座位上沉了下去，窝心极了，想不到他们也会如此聪明，简直是可爱的胡闹，使人家老是张开了口笑。

工作，工作，老是工作，夜里简直白相不成。

不写了，祝你前程万里！为什么不想办法捞个官儿做做？

我相信everything will turn all right[一切都会好起来的]，我们将来都会很得法，中国也不会亡，我也不希望日本亡，世界会变得很好很好，即使人人都不相信上帝佛菩萨。

万万福！

阿二

你们早点躲到上海来也好，免得将来找不到房子。

嫌不嫌我絮渎？

清如：

真的我忘了问你，为着多说闲话的缘故，你生的那东西完全消退了没有？

居然还有人约我游虞山去，即使有这兴致，你想我会不会去？除非去跳崖（那倒是一个理想，不让什么人知道，也不让你知道，等你回到家乡的时候，你想不到我的幽魂就在离你咫尺之间），否则倘你不在常熟，我怎么也不会到那里去的，虽然即使你在家，我还会不会再来也成为问题，即使我愿意来，你敢不敢劳驾我当然更成为问题。总之我和虞山的缘分，正像和你的一样悭，将来也只有在梦想中再作寂寞之孤游而已。

肯不肯仍旧称我为朋友？你的冷酷的语调给了我太凄惨的恶梦，我宁愿你咒我吐血。虽然蒙你说过你爱朱朱的话，我是不愿把你一时激动的话当作真实的，只要你不怕我，像怕一切人一样，我就满足了。

嫌不嫌我絮渎？

愿你无限好。

再不写信，你一定要哭了

宝贝：

再不写信，你一定要哭了（我知道你不会，但因为想着要这样开头，所以就这样写）。

今天上午赶到虞洽卿路一个弄堂里的常州面店吃排骨面，面三百五十文，电车三百四十文，你说我是不是个吃精？下午看了半本中国电影《小玲子》，毫无意味而跑出来，谈瑛这宝货是无法造就的了。再去看*Anna Karenina*[《安娜·卡列尼娜》]，原意不过是去坐坐打瞌铳，因为此片已看过两次；一方面是表示对于嘉宝的敬意，她的片子轮到敝区来放映，不好意思不去敷衍看一下。看的时候当然只是看嘉宝而已，因为情节已经烂熟到索然无味的地步。别的演员也都不见出色，因此一开场我就闭上眼睛，听到她的声音才张开来，实在她是太好了。看了出来，觉得这张不是十分出色的片子，如果有人拉我去看第四遍，我也仍然愿意去看的。

《威尼斯商人》不知几时能弄好，真要呕尽了心血。昨天我有了一个得意。剧中的小丑Launcelot[1]奉他主人基督徒Bassanio[2]之命去请犹太人Shylock[3]吃饭。说My young master doth expect your reproach[我年轻的主人正在等着你的来临]。Launcelot是常常说话用错字的，他把approach（前往）说作reproach（谴责），因此Shylock说，So do I his，意思说So do I expect his reproach[我也在等着他的谴责]。这种地方译起来是没有办法的，梁实秋这样译："我的年青的主人正盼望着你去呢。——我也怕迟到使他久候呢。"这是含糊混过的

---

1 朗斯洛特，莎士比亚戏剧《威尼斯商人》中人物。

2 巴萨尼奥，莎士比亚戏剧《威尼斯商人》中人物。

3 夏洛克，莎士比亚戏剧《威尼斯商人》中人物。

办法。我想了半天，才想出了这样的译法："我家少爷在盼着你赏光哪。——我也在盼他'赏'我个耳'光'呢。"Shylock明知Bassanio请他不过是一种外交手段，心里原是看不起他的，因此这样的译法正是恰如其分，不单是用"赏光—赏耳光"代替了"approach-reproach"的文字游戏而已，非绝顶聪明，何能有此译笔？！

Romeo and Juliet[《罗密欧和朱丽叶》]和*As You Like It*[《皆大欢喜》]的电影都将要到上海来，我对于前者不十分热心，因为Leslie Howard[1]和Norma Shearer[2]虽都是很好的演员，但都缺乏青春气，原著中的Juliet只有十四岁，以贤妻良母型的Norma Shearer来扮似不很适当，Leslie Howard演Hamlet，也似乎较演Romeo合适一点。*As You Like It*是Elisabeth Bergner[3]主演的，这个名字就够人相思了，不过据说他在这片里扮的Rosalind[4]，太过于像一个潘彼得。

我爱你。

星期日

1　莱斯利·霍华德，英国演员。

2　瑙玛·希拉，美国演员。

3　伊丽莎白·伯格纳，电影演员。

4　罗瑟琳，莎士比亚戏剧《皆大欢喜》中女主角。

每天每天看不到你，这是如何的生活

天使：

又到了两点钟，真要命，近来要做夜工，把人烦死。算是校订过了两遍，校对过了三次的样子，拿到我手里仍然要改得一塌糊涂，其实偷懒些也不妨事，可是我又不肯马马虎虎。人也总是，白天尤其是上半天总是有气没力的，一过了夜里十点钟，便精神百倍，夜猫的生活虽然也颇有意味，可奈白天不得睡觉何。

每天每天看不到你，这是如何的生活。事实上你已成为我唯一的亲人了，可以寄托我心情的对象，无论是人或艺术、主义、宗教，是一个都没有，除了你。但就是你也不能给我大的启发与鼓奋，一切是虚无得可怕。

　　我永远爱你。

魔鬼　十二夜

永远是你的怀慕者

宋:

你走得这样快，没有机会再看见你一次，很是怏怏，不过这也没有什么。你要不要我向你说些善颂善祷的话？

今天往轮船码头候郑天然，没有碰着，因为他没有告知我确实的时间，赶去时轮船已到，人已走了。也许明天会打电话给我。

抄写的东西我想索性请你负责一些，给我把原稿上文句方面应当改削的地方改削改削，再标点可不必依照原稿，因为我是差不多完全依照原文那样子，那种标点方法和近代英文中的标点并不一样。你肯这样帮我忙，将使我以后不敢偷懒。纸张我寄给你，全文完毕后寄在城里。

希望一切快乐等在你前面。要是我做你的学生，我一定要把别的功课不问不理，专门用功在你的功课上，好让你欢喜我。

多雨而凄凉的天气，心理上感到些空虚的压迫，我真想扑在你的怀里，求你给我一些无言的安慰。

永远是你的怀慕者。

三日

第九章

世界是多么荒凉，如果没有你

我明白我们在这世上应该找寻的是自己，

不是自己以外的人，

因为只有自己才能明白自己，

谅解自己，我找到了你，

便像是找到了我真的自己。

我找到了你，便像是找到了我真的自己

心爱：

昨夜梦你又来了，而且你哭。你为什么哭呢？是不是因为我们的交好使你感觉不幸？是不是因为我太不好？还是不为什么？

你是太好了，没有人该受到我更深的感激。开始我觉得你有些不够我的理想，你太瘦小了，我的理想是应该颀长的；你太温柔婉约了，我的理想是应该豪放浪漫的。但不久你便把我的理想击为粉碎。现实的你是比我的空虚的理想美得多可爱得多。在你深沉而谦卑的目光下，我更乐意成为你的臣仆，较之在一切骄傲而浮华的俗艳之前。我明白我们在这世上应该找寻的是自己，不是自己以外的人，因为只有自己才能明白自己，谅解自己，我找到了你，便像是找到了我真的自己。如果没有你，即使我爱了一百个人，或有一百个人爱我，我的灵魂也仍将永远彷徨着，因为只有你才是属于我的type[类型]，你是unique[独一无二]的。我将永远永远多么的多么的欢喜你。

梦中得过四句诗，两句再也记不起来，那两句是"剧怜星月凄凄色，又照纤纤行步声"，很像我早期所作的鬼诗。

《孟加拉枪骑兵传》已在大光明卖了一星期满座，尚在继续演映中；《罪与罚》则如一般只供高级鉴赏者观看的影片一样，昨天已经悄悄地映完了，只有报纸的批评上瞎称赞了一阵，为着原作者和导演人冯史登堡的两尊偶像的缘故。在我看来，它还不能达到理想的地步，虽仍不失为本季中最值得注意的一个作品。除了演员的表演而外，你有没有注意到本片构图和摄影的匠心?

再谈，祝你好。伤风有没有好? 作不作夜工? 珍摄千万!

九日

没有一刻我不想你

好人：

今晚为了想一句句子的译法，苦想了一个半钟头，成绩太可怜，《威尼斯商人》到现在还不过译好四分之一，一定得好好赶下去。我现在不希望开战，因为我不希望生活中有任何变化，能够心如止水，我这工作才有完成的可能。

日子总是过得太快又太慢，快得使人着急，慢得又使人心焦。

你好不好？

不要以为我不想你了，没有一刻我不想你。假使世界上谁都不喜欢你了，我仍然是欢喜你的。

你愿不愿向我祷求安慰？

因为你是我唯一的孩子。

Shylock　廿四夜

我要吃你的鼻头

好人：

《仲夏夜之梦》已重写完毕，也费了我十余天工夫，暂时算数了。《威尼斯商人》限于二十日改抄完，昨天在俄国人那里偶然发现了一本寤寐求之的《温德塞尔的风流娘儿们》[1]，我给他一角钱，他还了我十五个铜板，在我的Shakespeare Collection[有关莎士比亚的藏书]里，这本是最便宜的了，注释不多但扼要，想来可以勉强动手。

倒了我胃口的是这本《威尼斯商人》，文章是再好没

1　即《温莎的风流娘儿们》。

有，难懂也并不，可是因为原文句子的凝练，译时相当费力，我一路译一路参看梁实秋的译文，本意是贪懒，结果反而受累，因为看了别人的译文，免不了要受他的影响，有时为要避免抄袭的嫌疑，不得不故意立异一下，总之在感觉上很受拘束，文气不能一贯顺流，这本东西一定不能使自家满意。梁译的《如愿》，我不敢翻开来看，还是等自己译好了再参看的好。

昨天下午一点半跑出门，心想《雷梦娜》是一定看不成的了，于是到北四川路逛书摊和看日本兵。日本兵的一个特色就是样子怪可怜相的，一点没有赳赳武夫的气概，中国兵至少在神气上要比较体面得多。他们不高的身材擎着枪呆若木鸡地立着，脸上没有一点表情，而对面的中国警察则颇有悠游不迫之概。

昨天买了三只其大非凡的大红柿子，吃到第二只就已倒了胃口。这东西初上口又甜又冷，似乎很好，吃过之后，毫无意味，那股烂污样子，尤其讨厌，再加上回味时的一些涩，因此是下等的果子。这两天文旦是最好吃的了。

我要吃你的鼻头。

黄天霸

无论我怎样不好，你总不要再骂我了

好人：

无论我怎样不好，你总不要再骂我了，因为我已把一改再改三改的《梵尼斯商人》（威尼斯也改成梵尼斯了）正式完成了，大喜若狂，果真是一本翻译文学中的杰作！把普通的东西翻到那地步，已经不容易。莎士比亚能译到这样，尤其难得，那样俏皮，那样幽默，我相信你一定没有见到过。

《温德莎尔的风流娘儿们》已经译好一幕多，我发觉这本戏不甚好，不过在莎剧中它总是另外一种特殊性质的喜剧。这两天我每天工作十来个钟头，以昨天而论，七点半起来，八点钟到局，十二点钟吃饭，一点钟到局，办公时间，除了尽每天的本分之外，便偷出时间来，翻译查字典，四点半出来剃头，六点钟吃夜饭，七点钟看电影，九点钟回来工作，两点钟睡觉，Shhhh! 忙极了，今天可是七点钟就起身的。

As You Like It[《皆大欢喜》]是最近看到的一部顶好的影片，我没有理由不相信我对于Bergner的爱好更深了一层，那样甜蜜轻快的喜剧只有莎士比亚能写，重影在银幕上真是难得见到的，莱因哈德的《仲夏夜之梦》是多么俗气啊。

《梵尼斯商人》明天寄给你，看过后还我。

朱儿

你好不好？ 快活不快活？

在一处大寺院里巡礼，果然香火鼎盛，规模宏大，深叹佛法之无边，方丈名叶天士，用斋时请李培恩院长向全体僧徒演说。请他教以公民常识，际此壮丁训练举行之时，如何致力国防，宣劳党国，大家肃听，佛说如是云云。出了山门，跨下梯阶，和一头小羊交了朋友，他告诉我石阶甚滑且峻，不信佛者，常遭颠蹶。余谓余身有佛骨，闭目信步随所之，一脚跨三步而行，竟得无事。时有一队马乱冲直撞地奔上山坡，大家狼狈惊奔。小犬向小羊虐扰，小羊苦之，余不知是戏，怒以石子投犬，不中，中羊腿，羊哭，犬殷勤慰之，余则遭羊白眼焉。深叹抱不平良非易事，遂醒。

昨日把信投在贝开尔路邮筒内，据闻彼处无赖小儿常挖开邮筒偷信，未知有否被偷去？

明后天放假。一到放假，总是无钱，等发年底的奖励金，至今未发，借我去的也还不出，否则我又要撒一次诳了（意谓来看你也），好在你并不欢迎我。但至少还够看一次业余剧人的《雷雨》（Ostrovsky[1]的，不是曹禺的，他们特加一"大"字，以表区别）。

Merry Wives[《温莎的风流娘儿们》]已译好一大半，进行得总算还快。

你好不好？快活不快活？忙不忙？怨不怨？我爱你。

Xochimilco[2]

---

1 奥斯特洛夫斯基，俄罗斯作家。

2 莫斯科城附近的公园。

有人说他很爱你，要吃了你

清如：

在家没趣，只想回上海来。一回到自己独个儿的房间里，觉得这才是我真正的家。其实在我的老家，除了一些"古代的记忆"之外，就没有什么可以称为"我的"的东西；然而三天厌倦的写字楼生活一过，却有点想家起来了。家，我的家，岂不是一个ridiculous[荒谬的，可笑的]的名词。

我常常是厌世的，你的能力也甚小，给我的影响太不多，虽然我已经感谢你，要没你我真不能活。

有经验的译人，如果他是中英文两方面都能运用自如的话，一定明白由英译中比由中译英要难得多。原因是，中文句子的构造简单，不难译成简单的英文句子，英文句子的构造复杂，要是老实翻起来，一定是啰苏累赘拖沓纠缠麻烦头痛看不懂，多分是不能译，除非你胆敢删削。——翻译实在是苦痛而无意义的工作，即使翻得好也不是你自己的东西。

我们几时绝交？谁先待谁不好？

愿你好。有人说他很爱你，要吃了你，因此留心一些。

常山赵子龙　十一

女皇陛下，我希望你快些写信给我

女皇陛下：

我希望你快些写信给我，好让我放心你已不恼我了。至少也得告诉我一声十个月不写信是从哪一天算起，好让我自即日起伫颈期待它的满期。我很欣幸你恼我得并不彻底，否则你会说永远不再写信给我的。既然不是彻底的恼，那么最好还是索性不恼，因为恕人者最快乐，而我也将感恩不尽，永远纪念你的好处。我不愿说保证以后不再有这种事发生，因为也许为了空间的时间的、心理的生理的、物理的化学的、形而上的形而下的、物质的精神的、个人的社会的种种关系，仍旧会身难自主。叔本华说得好，"人类是环境之奴"（叔本华并没有说过这句肤浅的话，至少我不曾读过叔本华，不知道他曾说过这句话）也。但为了对你表示最大的忠诚与感激起见，总将竭力避免此等事件之再发生，倘不幸而力有未逮，则惟有等待挨骂一顿，之后复为君臣如初，此则私心之所企祷而无任拜悚者也。否则的话，我虽不至于幼稚过火得向你说"人生无趣，四大皆空，一切有为法，如梦幻泡影，Vanity，vanity，all is vanity[空虚，空虚，一切都是空虚]，行将自杀以谢君"。当然也不至于sophisticated[老于世故]得喝香槟酒，搂舞女以消忧。但我这奇怪的我会无聊得狂吃东西，以至于生了胃病，是或有可能的。虽然也许现在你要咒我呕血，但真呕血之后，你一定要悔恨；同样你也决不真的希望我生胃病的是不是？太阳、月亮、火炉、钢笔、牛津简明字典，一起为我证明我对于你的忠心永无变更，不胜诚惶诚恐之至，臣稽首。

世界是多么荒凉，如果没有你

阿姊：

天冷得很呢，你冷不冷？

做人真是那么苦，又真是那么甜，令人想望任性纵乐的生涯，又令人想望死想望安息。从机械的日程中偷逃出来的两天梦幻的生活，令人不敢相信是真实，我总好像以为你不是真存在于世上，而是一个虚构的人物，我所想像出来以安慰我自己的。世界是多么荒凉，如果没有你。

今天我有点忧郁，我以你的思忆祛去一切不幸的感觉。

祝你一切的好，以我所有对你的虔敬、恋慕、眷爱和珍怜。

爱丽儿　十七夜

我悄悄儿跟你说，我仍旧爱你

　　昨天上午八时起身，到四马路去，在河南路看见原来摆的那个旧书摊头已经扩大了地盘，正式成立一个旧书店的样子。买了一本Macaulay[1]的论文集，一本Hazlitt[2]的小品文集和一本美国版集合本的*Hamlet*[《哈姆雷特》]，一共一块两毛半。杂志公司里买了《文摘》、《月报》，商务新近出版的文学什么，《戏剧时代》、《新诗》、《宇宙风》、《译文》六七种杂志，是寄给郑祥鼎的。杏花楼

1　麦考莱，19世纪英国史学家。
2　哈兹里特，英国散文家、文艺批评家。

吃了两只叉烧饱（平声）、两只奶油饱、一碗茶，以当早餐，不过两角钱，颇惬意。这样回来吃中饭。因为是国耻纪念，故不去看影戏（其实我近来星期日总不看影戏，看影戏常在星期一夜里，因为这样可免拥挤）以志悲哀。在房间里抄稿子，傍晚出去。我说即使我有爱人在上海，人家那样并肩漫步的幸福我也享受不到，因为一到上海来，我已经完全没有了走慢步的习惯，即使是无目的的散步，也像赛跑似的走着，常常碰痛了人家的脚。买了四条冰棒回家吃了。一个下午及一个晚上，抄了一万多字，然后看一小时杂志，两点钟睡觉。斯乃又一个星期日。

我觉得星期日不该去玩，方可以细细领略星期日的滋味，尤其应当一个人关在房间里。但星期六晚上应当有玩一个整夜的必要。

你的诗，仍旧是这种话儿，这种调子，这种字眼，蔷薇、星月、娇鸟、命运的律、灵魂的担子，殊有彻底转变一下的必要。

我悄悄儿跟你说，我仍旧爱你。

把身体都带到天上去了

清如：

今天我工作效率很好，走路时脚步也有点飘飘然，想要蹦蹦跳跳似的，天气又凉得可爱，心里充满了各种快乐的梦想。

我想，一个人的灵魂当然是有重量的，而且通常都较身体的重量为重，否则身体的重量载不住，要在空中浮了起来的。一个人今天心里很懊丧，他走一步路，似乎脚都提不起来的样子，头部也塞满了铁块似地低垂着；明天他快活了，便浑身都似乎要飞起来的样子，这当然只是灵魂的轻重发生变化的关系，身体的重量在两天之内决不会有甚么大的差异，而且不快活的人往往要消瘦，反而比之快活的人要轻一些。灵魂轻到无可再轻的时候，便要脱离身体而飞到天上去，有的飞上去不再回来，变成仙人了，有的因遇冷凝结（因为灵魂是像水汽一样的），重又跌了下来，那便只是一时的恍惚出神或做梦。有时灵魂一时不能挣扎出皮囊，索性像一个轻气球一样地，把身体都带到天上去了，这是古时所以有白日飞升的缘故。

说不出的话，想不起的思想，太多了。再谈吧。愿你无限好！

朱生　卅一日

也许我从来不曾真看见过你

好：

昨夜梦被一群基督徒包围，硬要把我拦入羊栏里，为要拯救我的陷落的灵魂起见，特地把我托付给一位圣洁的女士，她为着忠实地履行对于上帝的神圣的义务，毫不容情地把我占有了，绝对不许我和你见面或通信。我恨极了，终于借着魔鬼的力量，把她一脚踢得老远的，奔到你的身边来了。

从今天一点钟起我停止了对于你来信的盼望，你简直是个梦，我一点把捉不住你的存在，也许我从来不曾真看见过你，除了在梦中，☐☐☐☐。

　　每天每天是那样说不出的无趣。你说过你需要一个需要，我希望我能有一个☐☐☐☐希望。

　　横竖总写不痛快，不写了。十万个祝福。

空气　廿五

脑筋里充满了Rosalind和Touchstone[1]

脑筋里充满了Rosalind和Touchstone，给他们搅得昏头昏脑的。

每天走来走去的路上，那些破屋子上的春联都给我记熟了，一副似通非通的"不须著急求佳景，自有奇逢应早春"，不知作何解释；一副"中山世泽远，天禄家声长"，本该是"天禄家声远，中山世泽长"的，倒了一倒过，却变成拗体的律句了；一副是"新潮新雨财源涨，春

---

1 试金石，莎士比亚戏剧《皆大欢喜》中的宫廷小丑。

草春花生意多"，上截风雅，下截俗气，但生意却是一个pun[双关语]，叫莎士比亚译起来，不知怎样译法。其余的"物华天宝日，人杰地灵时"一类可不用提了；有一家卖薄皮棺材的小店门板上贴着"诗书门第"，下句不知是什么。从前我母亲的房门上贴着一副"惜花春起早，爱月夜眠迟"，小时候非常欢喜。

你还有五年好活，我还有十二年好活，假如不自杀的话。

前天听见一个人瞧着南京路上橱窗里的英皇肖像，赞叹着说，"凸个人噢同蒋介石格赤老一样"，不知是褒是贬。"赤老"虽是骂人话，有时也用以表亲密之意，故未可便科以侮辱领袖之罪。

二房东的小女儿吃她晚娘打，当然打也总有打的理由，不是说晚娘一定不可以打前妻的儿女，因此我睡在床上，心里并不作左右袒。可是你想那小鬼头儿怎样哭法？她一叠声地喊着"烂污屎，好哩啊！（即'莫打了吧！'是请求的口气）烂污屎，好哩啊！"其不通世故，有如此者。

我相信你一定寂寞得要命

好人：

否则我今晚不会写信的，因为倦得很不能工作，所以写信。今晚开始抄《皆大欢喜》，同时白天已开始了《第十二夜》，都只弄了一点点。我决定拼命也要把《第十二夜》在十天以内把草稿打好，无论如何，第一分册《喜剧杰作集》要在六月底完成，因为我急着要换钱来买皮鞋、书架和一百块钱的莎士比亚书籍。等过了暑天，我想设法接洽在书局里只做半天工，一面月支稿费，这样生活可以写意一点，工作也可早点完成。

今晚我真后悔不去看嘉宝的《茶花女》，其实这本片子我已经在一个多月前看过了（那次好像是因为给你欺负了想要哭一场去的，结果没有哭），而且老实说，我一点不喜欢这种生的门脱儿[1]的故事（正和我不欢喜《红楼梦》一样），但嘉宝的光辉的演技总是值得一再看的。当然她的茶花女并不像是个法国的女人，正和她的安娜·卡伦尼娜[2]并不像是个俄国女人一样。看她的戏，总觉得看的是嘉宝，并不是看茶花女或安娜·卡伦尼娜，这或者是演员本身的个性侵害了剧中人的个性（好来〔莱〕坞的演员很少能逃出一个定型的支配，即使他们扮的是不同性质的角色，从舞台上来的比较好些）。但无论如何，她的演技的魄力、透彻与深入，都非任何其他女性演员所能几及。平常美国作品中描写男女相爱，好像总有这么一个公式，也许起初男人大大为女人所吃瘪，但最后女人总是乖乖儿地倒在男人的怀里。然而我看嘉宝的戏，却常会发生她是个男人，而被她所爱的男人是个女人的印象。《茶花女》中扮阿芒的罗勃泰勒，我觉得就是个全然的女人，他的演技

1　生的门脱儿是英文sentimental的译音，意为“感伤的”。

2　今译安娜·卡列尼娜。

远逊于嘉宝，但他比嘉宝更富于sex appeal[性感，魅力]。我想这也许是喜爱嘉宝的观众，女性多于男性的一个理由，因为大多数男人心理，都是希望有一个贤妻良母式的女子做他生活上的伴侣（或奴隶），再有一个风骚淫浪的女子做他调情的对手（或玩物），可是如果要叫他在恋爱上处于被动的地位，就会很不乐意。个性强烈的女子，比较不容易有爱人，也是这个道理。

买了四支棒冰，吃了一个爽快。赤豆棒冰好像是今年才有起的，味道很好，可是吃过了冰，嘴里总会渴起来，水壶里又没有冲水，很苦。今年到现在还不曾有臭虫发动，大概可免遭灾。你有没有得好的荔枝吃？我什么水果都不在乎，只有荔枝是命。

我相信你一定寂寞得要命。

批评家是最不适于我的职业，我希望我以后再不要批评任何人或作品或思想，今天说过的话，明天便会翻悔，而且总是那么幼稚浅薄。

要睡了，因为希望明天早点起来好做点工作。

我只是思念你，爱你

亲爱的朋友：

心头像刀割一样痛苦，十八天了，她还是没有来。

我知道我太不配接受她的伟大而又纯真的爱，因此所享受的每一份幸福，必须付出十倍于此的痛苦做代价，因此我便忍受着这样的酷刑。

她是个太善良的人，她对谁都那么顾恤体贴；她也是个太老实的人，她说的话都没有半分虚伪。她不会有意虐待我，或对我失信。可是她是个孝顺不过的女儿，在她母亲强有力的意志下，我的脆弱的感情，只好置之不顾了。

我能怨她吗？不，我因此而更爱她。

亲爱的朋友，恕我把你和她做一个比较，你是我所认识的人中最可爱最完美的一人，可是她的美丽她的可爱，永远是发掘不尽的宝藏。你只是她过去生命中的一部分，是她美丽的灵魂投射在我心镜上的一个影子，因为我的感受力非常脆弱，不能摄取她的美丽灵魂的全部，然而我所能摄取的却已经深深地锁在我的记忆里，没有什么力量可以把它夺去。

迷迷糊糊地睡了一觉，醒来就盼望天明，不料邻家的钟才敲上一点，这时间怎样挨过去。起来点了火，披上衣裳，坐在被窝里，写上几行，反正你也不在这里。她们也不在这里，一个人由得我发疯。

明天大概不会下雨了，历本上说是好日子。你没有理由再不回来。要是你再不来，那我必需在盼望你的焦虑上，对你的平安忧虑了。最亲爱的人，赶快回来吧！大慈大悲的岳母大人，请你体恤体恤一个在热恋中的孩子的心，不要留着她不放吧！她多住三天两天，在你是不知不觉中很快过去了，可是她迟回来一天，这一天对我是多么漫长的时间啊！

但愿你平安着！

听见邻人家孩子呼唤母亲的声音，就勾起我失母的悲哀。二十年了，她的慈爱的音容，还是那么深刻在我的心上。我不愿把一般形容母亲的"慈祥"二字放在她的身上，因为她到死都只是一个□□的好心情的孩子。你是一个有母亲的人，你一定不会想到一个早年失母的人，是怎样比人家格外希望有一个亲切的人永远在他的身边。

今天濂姐回来，给她的母亲放衣服，我见了她，忍不住要哭。……

今年的春天，我们婚后第一年的春天，是这样成为残缺了，我为了思念你而憔悴。

梅花在你去了以后怒放，连日来的风雨，已经使她消瘦了大半，她还在苦苦地打叠起精神，挨受这风朝雨夕，等待着你的归来！

昨夜一夜天在听着雨声中度过，要是我们两人一同在雨声里做梦，那境界是如何不同，或者一同在雨声里失眠，那也是何等有味。可是这雨好像永远下不住似的，夜也好像永远过不完似的，一滴一滴掉在我的灵魂上，无边的黑暗、绝望，侵蚀着我，我□□着做噩梦。

要是这雨再阻延了你的归期，我真不知道我怎样还有勇气支持下去。每一天是一个无期徒刑，挨到天黑上了床，就好像囚犯盼到了使他脱罪的死亡，可是他还不知道他的灵魂将会上天堂或下地狱。要是做梦和你在一起，那么我的无恨的灵魂便是翱翔在天堂里，要是在噩梦或失眠中度过，那就是在地狱里沉沦。天堂的梦是容易醒的，地狱的苦趣却漫漫无尽，就是这一夜天便等于一个永劫。好容易等到天亮了，又开始了一个新的无期徒刑。

我不愿向上帝祷告，因为他是从来不听人的话的，我只向你妈祷告。好妈妈，天晴了赶快放她走吧!

天气是那样捉摸不定，又刮起风来。要是你今天来了多好。一定是你妈出行要拣好日子，明天下了雨怎么办?我一定经受不住第二次的失望，即使那只仅是一天的距离。今夜是无论如何不能入睡的了。

明天，明天，昨天，明天该是这半月来最长的一天，要是你不来，那一切都完了。

二十日

昨晚听了一夜的雨声，今天起来眼看着天色如此阴沉，心里充满了难言的悲哀。于是讨厌的雨又下起来了。下午抱着万一的希望，撑了伞走到烂泥的马路上，到车站去候你，结果扑了个空，回来简直路都走不动了，眼前只是昏沉沉的一片。今天他们都吃喜酒去了，剩下我一个人，中饭吃了半碗冷粥、□碗□□，晚饭吃了一碗冷开水淘冷饭，独身生活也过了这么许多年了，从来没有像现在这样凄凉过。

大概你夜车是不会来的，即使来我也再没有勇气到车站来接你。明天也许会晴了，我希望你的不来只是为了天气的理由。

亲亲，在我们今后的生活里，是不是要继续重复着这样难堪的离别呢？想起来真太惨人！为什么我们不能每时每刻都在一起呢？

二十一日

又下雨了，这雨大概是永远下不完的，你也永远不会再回来了。

睡着了梦里也是雨声，醒来耳边也是雨声，我的心快要在雨声中溺死了。我没有再希望的勇气，随便天几时晴吧，随便你几时来吧，我都不盼望了，让绝望做我的伴侣。昨晚写了一封快信想寄出，可是想不出它有什么目的，还是不要寄，让你想像我是乖乖地，不要让我这intruder[闯入者]破坏了你的天伦之乐吧。

我一点不怪你，我只是思念你，爱你，因为不见你而痛苦。今天零点多钟便起来望天色，写了这几句话。我一点不乖，希望你回来骂我，受你的打骂，也胜于受别人的抚爱。要是我们现在还不曾结婚，我一定自己也不会知道我爱你是多么的深。

虽然明知你今天不会来，仍然到车站望了一次。雨停了，地上收干了，鹁鸪也不叫了，空气中冷得厉害，明天你总不要再使我失望了吧？

只要仍然能够看见你，无论挨受怎样的痛苦都是值得的，可是我不能不为我们浪费的年华而悲惜。我们的最初二十年是在不知道彼此存在中过去的。一年的同学，也只是难得在一处玩玩，噩梦似的十年，完全给无情的离别占夺了去。大半段的生命已经这样完结了，怎么还禁得起零星的磨蚀呢？

梅花已经零落得不成样子了，你怎样对得起她呢？

今天以愉快的期待开始，好鸟的语声催我起来，阳光从东方的天空透出，希望能有一个happy ending[愉快的结局]，结束这十多天来的悲哀。忙着把久未收拾的房间清理了一个早晨，现在还没有吃过早餐（昨天早上陆弟拿进一碗白米粥来，我吃了两顿，晚饭吃了一只粽子），坐下来写这几行。抬头望着窗外，我真不忍望那憔悴的梅花，可是院南的桃柳欣欣向荣，白云是那么悠悠地飘着，小鸟的鸣声依然好像怪寂寞的，要是这空气里再有了你的笑语□□，那么春天真的是复活了。相信我，这许多天来我不曾对你有丝毫抱怨，可是今天你再不来，我可不能原谅你了。

想不到今天又是这样过去，我希望明天还是下雨吧，因为晴天只是对我的一个嘲笑。

第三次从车站拖着沉重的脚步归来，头痛，腰酸，身上冷得厉害，我的精神已经在这几天完全垮了。

为什么？为什么？为什么？

二十三日下午